Domineert Susan
Eerste Deel
(Erotische overheersing)

Van

Erika Sanders

Serie

Domineert Susan Vol. 1 tot 5

Omslagfoto: @ Svyatoslav Lypynskyy, 2023

Eerste editie: 2023

Korte inhoud

Susan gaat na het afronden van de universiteit naar haar eerste baan, een baan aangeboden door een familievriend, Robert, die altijd een speciaal verlangen heeft gehad naar de dochter van zijn vriend.

Deze speciale wens is om Susan onder zijn heerschappij te brengen ...

Deze publicatie bevat de volledige serie, een serie sterk erotische BDSM-inhoud, waarin ik de avonturen van Susan vertel in haar onderwerp van onderwerping.

Romantische en erotische BDSM-romans met een hoog gehalte.

Het bevat de volgende delen:

1 - De nieuwe baan
2 - De regels
3 - Nieuw speelgoed
4 - De kamer van straf
5 - Ontmoeting met de meesters

Opmerking over de auteur:

Erika Sanders is een internationaal bekende schrijfster die haar meest erotische geschriften, weg van haar gebruikelijke proza, signeert met haar meisjesnaam.

Inhoudsopgave:

DOMINEERT SUSAN
EERSTE DEEL
(EROTISCHE DOMINATIE)
VAN
ERIKA SANDERS

VOORWOORD

Robert is een volwassen succesvolle zakenman, getrouwd en heeft een zoon van dezelfde leeftijd als Susan.

Hun families zijn al jaren goede vrienden en hij had haar zien uitgroeien tot een lieftallige jonge vrouw.

Hij had altijd een open vriendschap met het meisje getoond en had haar door de jaren heen bewust gemaakt van zijn voorliefde voor haar.

Stiekem verborg zijn vriendschappelijke relatie en zijn genegenheid voor het meisje zijn vele duistere verlangens, zonder enige kans om ze te laten uitkomen.

Haar totale onderwerping aan hem was de enige droom, in haar donkerste gedachten, en een droom waarvan ze wenste dat die uit zou komen.

Susan is een meisje, net afgestudeerd, met een bedrijfsdiploma en gretig om de wereld te ervaren.

Hij staat op het punt aan zijn eerste echte baan te beginnen, een baan aangeboden door Robert, een familievriend, uit respect voor zijn vader en erkenning van zijn capaciteiten.

Maar ook, buiten het medeweten van haar, gevoed door zijn verlangen om haar te bezitten.

Ze is een aardige, sensuele maar lieve meid die sinds haar eerste jaar op de universiteit hetzelfde vriendje heeft, Peter.

Het zijn avonturiers, maar ze verstoren hun wereld nooit.

Ze weet wat ze wil, of denkt dat ze het weet, maar ze is echt heel gehoorzaam als ze zich door anderen laat leiden op de paden van haar leven.

DE NIEUWE BAAN

Hij staat voor het gebouw, zijn ogen staren naar de glazen en stalen gevel.

Bekijk alle goed verzorgde en gehaaste mannen en vrouwen de ingang in en uit gaan.

Ze kijkt naar haar eigen korte rokpak, versnelt haar pas en gaat naar binnen.

Ze voelt zich klein en een beetje geïntimideerd door mannen die boven haar twee meter tachtig uittorenen als ze in de lift stapt en het bedrijf van haar nieuwe werkgever binnengaat.

Ze kijkt om zich heen en ziet hem bij de receptie praten met een bomvolle blonde vrouw en flirterig giechelen, zijn glimlach verlicht zijn gezicht als hij zich naar haar toe draait.

Ze bloost zonder te weten waarom en komt op hem af met haar hakken op de tegelvloer.

Zijn arm omhult haar schouders beschermend terwijl hij haar voorstelt aan het meisje aan het bureau.

"Anne, dit is mijn kleine Susy!"

Ze bloost, gaat dan rechtop staan en steekt haar hand uit.

"Hallo, eigenlijk is mijn naam Susan, leuk je te ontmoeten."

Hij leidt haar met zijn constante hand op haar schouder naar verschillende afdelingen en andere leidinggevenden.

Hij stelt haar voor als Susan, waarvoor ze dankbaar is, en die haar best wil doen in deze wereld van grote rivaliteit.

Ze blijft de hele ochtend dicht bij hem en probeert een grote verscheidenheid aan namen te onthouden voordat hij haar uiteindelijk naar zijn kantoorsuite leidt.

Hij laat haar het bureau in de wachtkamer zien, dat het grootste deel van de tijd dat ze hier is, van hem zal zijn.

Ze bergt haar tas op en strijkt zachtjes met haar vingers over de goedgekozen meubels.

Ze wordt naar zijn kantoor geleid, waar hij wijst naar de weelderige donkere meubels, allemaal leer en mahonie.

"En hier werk ik."

Hij verlaat haar voor het eerst en gaat aan zijn bureau zitten.

Ze voelt zich vreemd eenzaam als ze voor hem in dit grote kantoor staat.

Hij neemt enkele sleutels en gaat verder met spreken:

"Aan de linkerkant, achter de recreatieruimte, vind je een deur naar een kleine keuken. Hier worden klanten vaak vermaakt. De barkoelkast moet altijd gevuld zijn met wat er op de lijst staat, en er is ook een menukaart Je moet alle gerechten leren koken, voor het geval de kok niet beschikbaar is. Ik zal het in je trainingsprogramma opnemen. '

Hij was snel achter haar gaan staan, haar naar de deur geduwd en opende.

Met grote ogen en vol ontzag voor de grootte van het bedrijf en de kantoren die het bezat, kan ze alleen maar dwaas knikken.

"Dat zal zo zijn."

'Ja meneer,' zegt hij met een glimlach, maar de strengheid van zijn stem doet haar schudden.

"Ja meneer ". Ze reageert automatisch.

Hij neemt haar bij de arm, verlaat de keuken en leidt haar naar een andere slaapkamer met de deur aan dezelfde muur.

'En dit is mijn privébadkamer, je mag hem gebruiken, maar alleen met mijn toestemming, begrijp je Susy?'

Ze knikt weer zonder woorden naar de weelde van deze badkamer, herstellend wanneer ze hem voelt verstijven, kabbelen:

"Ja meneer".

Hij glimlacht om haar gehoorzaamheid.

'Je gebruikt het personeelstoilet in de gang als je dat nodig hebt en ik ben er niet.'

Ze is deze keer sneller.

"Ja meneer".

Aan de andere kant van de kamer twee gelijkaardige slaapkamers met deuren die hij je laat zien.

'Dit is een besloten vergaderruimte', kijkt ze snel terwijl hij haar wegjaagt, '... en hier rust ik uit als ik de nacht in de stad moet doorbrengen.'

De kamer was donker en een groot hemelbed en vreemde banken doemden op in de grote kamer.

Hij had amper tijd om het te voelen of hij sloot de deur voor zich.

Hij neemt haar mee terug naar zijn bureau, zet de computer aan en toont haar persoonlijke berichtenservice van zijn kantoor naar zijn computer die altijd aan en open moet staan.

Tevreden met de juiste "Ja meneer" op de juiste momenten en zijn natuurlijke neiging om behulpzaam te zijn, laat hij haar achter op het bureau om zich vertrouwd te maken met zijn nieuwe omgeving.

Hij test haar aandacht door haar kleine instant messages te sturen en lacht om haar onmiddellijke reacties terwijl ze de opdrachten leest en verschillende keren waarover ze klaagde aan haar bureau.

DE ECHTE BEZETTING

Hij was geduldig en vriendelijk toen ze kennis maakte met haar nieuwe baan binnen zijn bedrijf.

Hij sprak vaak met haar via het instant messaging-scherm op momenten dat ze niet in vergaderingen was, of buiten het bedrijf, en vroeg haar naar haar familie, vrienden, hoe het met haar vriend ging, waardoor ze zich als haar voelde Je ziet je liefde en oprechte interesse in haar leven.

Tijdens de drukke eerste weken van zijn opleiding nam hij de tijd om met haar te overleggen en zo nodig haar schema aan te passen, waarbij hij haar mentor, haar vriend en soms een strenge vaderfiguur werd.

Hij maakte grapjes met haar, speelde spelletjes en praatte vriendelijk.

De gesprekken werden geleidelijk aan intiemer naarmate de tijd verstreek.

Ze speelden de waarheid of durfden vaak op de computer, en in het spel werden hun vragen persoonlijker en directer.

Toen zweeg hij terwijl hij zijn laatste antwoord las.

Hij had verwacht dat zoiets zou gebeuren, maar had nooit echt verwacht dat het zou gebeuren.

Hier speelde hij de waarheid en hier was de kans om weer met haar te durven.

Ze koos altijd de waarheid ... en ze bekende gewoon dat ze een pak slaag van haar vriend had gekregen en dat ze het leuk vond.

Daarmee zou hij zijn droom gaan waarmaken.

Ze wist dat ze dit waarschijnlijk nooit meer met hem zou spelen, en trok zich bijna terug, omdat ze dacht dat ze ermee wilde stoppen, of erger nog, het iemand in het gezelschap en dan haar familie zou vertellen.

Hij moest echter verder.

Zijn lang gekoesterde verlangen dreef hem en hij begon te schrijven.

Ze had er niet voor gekozen om te durven, maar hij bleef schrijven ...

* * *

'Ik daag je uit om me je te laten slaan, Susy.'

Ze staarde, kon niet geloven wat ze las.

Ze was een hechte band met hem geworden, aanbad hem en de manier waarop hij voor haar zorgde en gaf haar het gevoel dat ze zo speciaal was, bijna alsof ze haar vader was.

Misschien maakte hij weer een grapje met haar, omdat hij niet geloofde wat ze hem de vorige avond over hun date had verteld.

Haar gedachten suisden bij de gedachte hoe ze zich had gevoeld om door haar vriendje geslagen te worden en ze kronkelde in haar stoel toen ze besefte dat ze moest reageren.

Hij staarde naar het scherm, het berichtvenster voorlopig leeg, wachtend op zijn antwoord.

* * *

Hij begon in paniek te raken, maar toen zag hij dat ze aan het schrijven was.

Zijn hart klopte snel, en hij raakte in paniek voordat hij eindelijk zag wat ze aan het schrijven was.

"Ja meneer."

Ze typte snel en dwong haar en haar geluk om te handelen:

'Kom dan naar mijn kantoor en sluit de deur. Als je mijn kantoor binnenkomt, zul je al mijn bevelen gehoorzamen, je zult zonder te spreken op mijn schoot liggen en je zult je onderwerpen aan mijn pak slaag.'

* * *

Ze knipperde met haar ogen bij zijn antwoord.

Deze game werd serieus, maar het was maar een game, toch?

Testte hij haar?

Zal ik teruggaan?

Ze waren allebei nerveus en gespannen om hun eigen redenen, vastgelijmd aan het computerscherm.

Ze wilde niet de eerste zijn die terugdeinsde en hem haar liet plagen.

Zij schreef:

"Ja meneer".

***

'Kom dan naar mijn kantoor, Susy, en doe de deur dicht.'

Er kwam geen antwoord, maar ze rende haar kantoor binnen en sloot de deur als een bang konijn, ongelovig over wat ze zojuist had geaccepteerd, denkend dat hij nog steeds met haar speelde.

Hij zat schijnbaar onbewogen terwijl zijn lichaam naar haar verlangde, en zag haar angst, verwarring en de hitte in zijn ogen die haar op de been hielden.

"Mijn schoot wacht"

Ze deed een stap naar voren en hij stak zijn hand op, stopte halverwege.

'Je stemde ermee in me te gehoorzamen als ik deze kamer binnenkwam, nietwaar?'

Zichtbaar bevend fluisterde ze:

"Ja meneer".

Hij wees naar de grond, hij werd aangemoedigd, en hij gromde,

"Kruip naar me toe."

Hij zag de emoties op haar gezicht spelen: onwil, angst, angst, opwinding en uiteindelijk onderwerping.

Hij liet de adem ontsnappen die hij vasthield terwijl hij zag hoe het begin van zijn droom uitkwam, haar kleine lichaam viel op haar knieën en vervolgens in zijn handen terwijl ze naar hem toe begon te kruipen.

Hij voelde zijn pik trillen toen hij haar zag.

Het was eindelijk zijn laatste, al was het maar voor vanmiddag.

***

Ze kon niet geloven dat ze dit deed, deze man die ze haar hele leven kende, stond op het punt haar echt te slaan.

Het spel was te ver gegaan, maar waarom stopte hij het niet?

Ze realiseert zich dat ze hem wilde!

Oh God, wilde ze hem?

Was er iets mis met haar?

Waarom voelde het zo?

Haar ogen keken naar haar sterke lichaam in haar grote stoel toen ze haar voeten bereikte en gleed als een slang bewoog ze zich op zijn schoot.

Hij wist dat het verkeerd was, maar hij kon er niets aan doen.

Zonder woorden, zonder discussie, zonder haar te strelen omdat ze een braaf meisje was, sloeg zijn hand hard in haar kont en ze gilde.

***

Hij keek naar de mooie engel die naar hem toe kroop, zijn geest ging naar de donkerste plekken en moest zich terugtrekken, zo jong en beïnvloedbaar dat hij zijn waarde niet besefte.

Hij gebruikte al zijn wilskracht om onbewogen te blijven terwijl ze op zijn schoot glijdt, zeker dat hij deze hardheid in haar buik kan voelen als hij haar rok optilt, een roze string onthult, zijn hand opheft en haar met alle macht slaat..

Al was het maar voor deze keer dat hij ervan genoot.

Zie haar gespannen spieren rimpelen onder de aanval en haar handafdrukken gloeien rood op haar witte huid.

Ze gilt en hapt:

"Ohhhhh thatooo painsleeeeee".

Ze gilt en draait haar benen schoppend terwijl hij haar weer een diepe zweep geeft.

***

Ze verliest het slaan uit het oog terwijl de pijn haar kleine lichaam vult en haar verwarmt.

Ze merkt de warmte op die begint in haar kleine poesje en de nattigheid op haar dijen als hij haar zwepen.

Verloren in zijn warmte en behoefte om te gillen, strijken kleine tranen over haar wangen.

***

Zijn hand wordt gevoelloos als hij haar hard zwaait terwijl hij geniet van de strakheid van haar harde spieren, haar geschreeuw en smeekbeden om te stoppen met hem te slaan terwijl hij haar kleine kontje felrood schildert.

Hij stopt als hij haar nat tussen zijn benen ziet, ongelooflijk, haar kleine lijfje schokkerig op zijn schoot.

***

Haar geest zat vast in de kracht van deze man terwijl ze naar adem snakt en gilt.

Terwijl hij haar hard en snel blijft slaan, neemt haar lichaam het over terwijl haar geest op hol slaat, ze voelt de hitte en opgekropte behoefte aan een overdreven onbekwame vriend en verdwaalt in het gevoel dat ze komt, hard wordt en haar orgasme. Het spuit op haar dijen met dit simpele pak slaag.

Ze voelt dat hij van binnen stopt en sterft.

Zijn schaamte vervult haar terwijl ze op zijn schoot trilt, hijgend en snikkend.

De warmte van haar blos vulde haar gezicht, zo beschaamd, hoe had ze dat kunnen doen?

***

Hij glimlacht als hij haar gezicht ziet blozen van verlegenheid, haar op zijn plaats houdt, wetende dat dit haar moment is.

"Voor de komende week zul je mijn slaaf worden. Dit zal je koninklijke bezigheid zijn. Je zult me gehoorzamen in alles wat ik je gebied. Je zult te allen tijde in zicht blijven en mijn toestemming vragen om te vertrekken als dat nodig is, al was het maar om ga naar de badkamer. Ik zal je bezitten en je zult me gehoorzamen. Aan het eind van een week zullen we hier weer over praten. '

***

Ze ligt op zijn schoot en voelt het orgasme van zijn pak slaag, ze luistert naar zijn woorden.

Het is een verklaring, geen vraag.

Hij realiseert zich dat hij hem geen opties heeft gegeven.

Ze houdt beschaamd haar hoofd schuin en schudt om wat ze net heeft gedaan.

En ze kreunt:

"Ja meneer"

.

ACCEPTEER DE SITUATIE

'Je slaaf voor een week.'

Het kon geen slechte week worden, aangezien hij haar altijd als een prinses had behandeld.

Zelfs na haar moeilijke tijd een paar minuten geleden en haar een week lang om volledige gehoorzaamheid had gevraagd, had hij haar opgehaald, haar tranen weggeveegd en haar naar haar privébadkamer gestuurd om op te ruimen.

Ze stond voor de spiegel en beleefde haar schaamte opnieuw. Ze was een stoute meid en nu wist Robert het.

Duivel weer!

Ze beet op haar lip en vroeg zich af of hij dit geheim zou houden terwijl ze zijn spel speelde.

Omdat het een spel was, toch?

Hij kwam de badkamer uit, zijn gezicht weerspiegelde niet meer in wat er net was gebeurd en zijn rode kont was het enige externe bewijs daarvan.

Ze liep naar hem toe en voelde haar gezicht weer rood worden. Hij gaf haar zijn met sperma doordrenkte string.

"Ok zo goed. We hebben echter allebei mensen van wie we houden en dat was, uh, grappig, maar ik wil niet dat ze het weten ..."

Toen hij haar diep zag blozen en de zelfbeschuldiging in haar stem hoorde, onderbrak hij haar door op haar voordeel te drukken:

"Dat je me je liet slaan tot je een orgasme kreeg? Dat je ermee instemde om niet minder dan een week voor me te slaven? Mijn lieve Susy, je bent een heel ondeugende slet!"

Hij zag haar bleek worden bij het laatste woord, totdat hij zijn hoofd boog om naar zijn voeten te kijken.

Voor haar tilde ze haar kin op en hield de roze string voor haar, en hij glimlachte.

"Begrijp dat ik ook onze families geen pijn wil doen. Maar vanaf nu noem je me meester als we alleen zijn. Ik, mijn lieve baby, ben een meester en als zodanig heb ik een slaaf nodig. Een week hier op het werk en aan het einde van de week zullen we weer praten en zullen we zien hoe we verder kunnen gaan. "

Daarop stak hij de string in zijn zak en liep terug naar zijn bureau.

Hij hief een envelop naar haar toe en ontmoette haar nieuwsgierige blikken.

'Dit is een lijst met regels die je doordeweeks moet volgen. Je kunt daar nu naar huis gaan en daar studeren. Kom morgenochtend vroeg, we hebben veel te doen. Tot zeven uur' s ochtends. '

Hij stond op en kuste haar zachtjes op de wang. Hij verliet het kantoor en maakte de dag af.

Toen hij dichterbij kwam om hem te kussen, hoorde hij hem fluisteren: 'Ja, Meester', wat hem breed deed glimlachen.

DE REGELS

Die avond lag hij in bed, las zijn instructies voor de week en schudde zijn hoofd.

Het voelde erg ongemakkelijk, maar om de een of andere reden kon ze gewoon geen nee zeggen.

Maar ik had nee moeten zeggen.

Hij had gelijk, ze was een hoer.

Ze wilde voelen dat hij haar in elkaar sloeg.

Haar vriend was schattig, maar hij kon haar nooit in elkaar slaan zoals Robert.

Gezien de grootte en vorm had ze zijn harde pik tegen haar buik gedrukt.

Haar vriendin bleek in vergelijking met wat ze zich had voorgesteld.

Ze viel weer in slaap toen ze het pak slaag opnieuw beleefde en aan de komende week dacht. Haar hand klemde tussen haar benen en kreeg haar tweede orgasme van de dag.

***

Vroeg wakker om te douchen.

Hij schoor alles zoals vermeld in de regels en kleedde zich zorgvuldig.

Haar haar was naar achteren getrokken in een mooie paardenstaart.

En ze droeg een hemdje onder haar blouse in plaats van een beha, dankbaar voor haar parmantige kleine borsten, en schoof haar slipje onder haar korte rokje.

Met haar make-up op zoals haar was opgedragen, pakte ze haar tas en rende net op tijd de deur uit om de vroege bus naar haar werk te halen.

De afwezigheid van het gebruikelijke ochtendverkeer zo vroeg deed het gebouw er vreemd verlaten uitzien toen ze aankwam, dacht ze terwijl ze in de lift stapte.

Toen ze het stille kantoor binnenkwam, was ze verrast de lichten aan te zien en dat hij er al was.

Hij liep naar zijn bureau en schreef snel: 'Goedemorgen, meester' om hem op de hoogte te brengen van zijn komst.

***

Hij keek op zijn horloge en glimlachte.

Net op tijd.

Hij had de hele nacht doorgebracht met het plannen van de komende week.

De beloning voor de opgebouwde jaren van het bezitten van dit mooie meisje dat hem zo geobsedeerd maakte.

Hij had haar nodig om haar nieuwe rol op zich te nemen, haar lichaam en ziel tot slaaf te maken, en ze had maar een week om dat te doen.

Hij had de avond gepland voordat hij zijn volgende zet had besloten.

Met een glimlach schreef hij:

"Braaf meisje, je bent hier op tijd. Kom naar mijn kantoor, sluit de deur en kleed je uit. Ga dan naar het midden van de kamer en wacht daar."

***

"Ja meester."

Met bonzend hart ging ze haar kantoor binnen en deed de deur achter zich dicht.

Ze voelde zijn ogen aandachtig naar haar kijken, draaide zich om en deed een stap naar voren.

Langzaam verwijderde ze elk kledingstuk dat ze droeg en legde het naast haar op de grond.

Eindelijk lag ze naakt op het zachte tapijt in het midden van de kamer om overgeleverd te zijn aan zijn slaaf.

Ze zag hem opstaan en weglopen van zijn bureau.

Hij zweefde om haar heen terwijl hij haar elke centimeter van haar huid van top tot teen bekeek, haar niet aanraken, maar zo dichtbij dat ze de hitte van zijn lichaam op haar kippenvel kon voelen.

Hij keerde abrupt terug naar haar bureau, zei dat ze zich moest aankleden en aan het werk moest gaan, en zette haar aandacht af om door te gaan met haar werk.

***

Hij kon haar verwarring en teleurstelling zien terwijl ze zich aankleedde en naar haar bureau terugkeerde.

Hij wist dat ze klaar was om te doen wat hij had besloten om zijn wil te gehoorzamen en meer, de vernedering en schande die haar ertoe brachten zijn spel te spelen, maar hij wilde niet te hard pushen.

Hij had nodig dat ze meer wilde, meer nodig had.

Hij draaide zich om en keek naar zijn trainingsschema op zijn bureau.

Zijn kookles is goed verlopen.

De mensen in het bedrijf leken het leuk te vinden.

Hij raakte zijn kin aan toen hij dacht dat ze binnenkort een diner bij vrienden van de club zou bestellen.

Hij zat aan zijn bureau en herinnerde zich de pak slaag die hij haar gaf. Zijn lul zwol op, zijn hand streelde er tegenaan, voelde de opwinding, zag haar naakt en zo gehoorzaam dat hij bijna zijn plannen, zijn lust en behoefte vergat. domineren het meisje.

Instant bericht verzonden:

'Ben je aan het masturberen, Susy?'

Hij wachtte terwijl de instant message op zijn bureau flitste.

Hij kon zich voorstellen dat ze bij de vraag haar kut kronkelde en balde, maar ze had al zoveel meer gestaan tijdens haar spelletjes.

"Ja, meester, vaak."

Hij schreef de volgende boodschap en koos zorgvuldig zijn volgende woorden, niet alleen om met haar te spelen, maar om hem aan het denken te zetten:

'Zou het kunnen dat deze jonge man die je niet veel ziet je niet genoeg bevrediging geeft, kleine teef? Misschien helpt deze week je om tevreden te blijven.'

Daarmee sloot hij het gesprek af.

***

Aan haar bureau stond ze versteld van het antwoord en de plotselinge beëindiging van het gesprek, maar ze moest nadenken over zijn woorden.

Later, toen ze het druk had met haar werk, realiseerde ze zich pas dat hij achter haar was gekomen toen zijn hand zich op haar schouder krulde en op haar rechterborst rustte.

Hij leunde voorover om in haar oor te fluisteren:

"Ik kijk gewoon naar mijn kleine teef die hard werkt."

Hij streelde de verharde tepel en luisterde terwijl ze sneller ademde. Hij glimlachte.

Toen haalde hij haar hand weg en verliet zijn kantoor voordat hij zich naar haar omdraaide:

'Weet je, Susy, dit wordt een zeer bevredigende week.'

***

Hij hield haar de hele dag nerveus met liefkozingen en grapjes, waar ze na zijn onbewuste bewegingen steeds meer naar verlangde en ze werd steeds roder.

Tevreden dat hij de hele dag zijn behoefte had gewekt, wilde hij meer.

De koerier flikkerde op zijn bureau.

'Voordat je vandaag gaat, kleine teef, zul je aan mijn bureau verschijnen om toestemming te vragen om vandaag mijn dienst te verlaten.'

***

"Ja meester." Hij typte en haastte zich snel om af te maken wat hij aan het doen was en zijn bureau op te ruimen.

Ze was een beëtje opgewonden.

Hij had haar de hele dag geplaagd, haar slipje was nat en plakkerig en ze kon niet geloven dat ze het zo warm had.

Ze bloosde en wist dat ze de kleine slet was die hij haar noemde, maar ze leek zichzelf niet te helpen.

Ze stond op en ging zijn kantoor binnen, deed de deur dicht en wachtte tot hij haar dichterbij zou brengen.

Het was een paar minuten zo, hoewel het veel langer leek.

Dit maakte haar nerveuzer totdat hij naar haar keek en naar een plek op de grond naast haar bureau wees.

'Hier, Susy.'

Ze vloog bijna weer naar de plek om in de buurt te zijn.

Toen ze de glimlach op haar gezicht zag verschijnen terwijl ze honger had, vulde haar blos haar gezicht weer.

'Voordat ik ga, moet ik iets evalueren.' Hij zag haar een beetje beven toen ze zijn woorden oppikte. 'Wees een goede hoer en leun voor me over het bureau, Susy.'

Toen hij haar misleidende blik zag, wachtte hij niet tot ze in beweging kwam, maar stond op, pakte haar arm en drukte haar tegen het bureau, haar voeten raakten nauwelijks de grond.

Hij streek met zijn handen over haar dijen en spreidde ze wijd uit. Hij beet met zijn tong.

"Mijn kleine teef Susy, wat heb je vandaag gedaan om het zo nat te maken?"

Toen hij haar schreeuw hoorde en de diepe blos zag, grijnsde hij om haar reactie.

Hij had haar constante spelletjes gemakkelijk de schuld kunnen geven van haar opwinding, maar ze zweeg, beschaamd dat hij haar een hoer noemde.

Hij streek met zijn vingers over het natte katoenen slipje en ging verder.

"Wat moeten we doen met zo'n nat kreng?"

Hij haakte zijn vingers in haar slipje, streelde haar natte spleetje en zag haar kronkelen en naar adem happen na alle spelletjes waaraan hij haar gedurende de dag had blootgesteld.

Hij pakte haar klit tussen duim en wijsvinger, kneep langzaam, en gromde:

"Geef antwoord, kleine teef!"

Toen hij haar luid hoorde kreunen en haar zag beven, glimlachte hij weer.

Ze drukte zich tegen haar bureau en spreidde haar dijen.

Ze voelde dat zijn vernedering door zijn woorden haar gezicht met kleur vulde en haar nog natter maakte.

Zijn speelse handen en vingers hielden haar de hele dag zenuwachtig vast, haar kleine lichaam eiste en had zijn aanraking nodig.

Nu het gevoel van zijn vingers terwijl ze haar poesje streelden, deed haar heupen onbewust bewegen.

Haar ogen werden groot toen zijn vingers haar clit vastgrepen en kneep en ze kreunde luid:

"Ja meester, ik bedoel geen meester, oh god!"

"Je weet wat je moet doen!" Piepte ze terwijl hij hard tegen haar kont sloeg.

Hij bleef duwen en veroorzaakte pijn in haar kleine lichaam terwijl ze weer gilde.

Zijn ogen vulden zich met tranen toen hij haar weer sloeg en een antwoord eiste:

"Een pak slaag, meester!"

Ze voelde haar clitoris trillen toen hij weer op haar kleine kontje sloeg.

Ze kromp ineen van de pijn, tranen liepen over haar wangen, ze had een orgasme en schreeuwde haar pijn en nood uit.

Hij trok zijn hand terug en keek naar de hoer, zo blij dat ze hem bijna smeekte.

Hij pakte haar op en kuste haar betraande gezicht terwijl ze oncontroleerbaar in zijn armen trilde, haar rug wreef en haar kalmeerde.

Hij nam haar mee naar de badkamer.

"Herstel je make-up, mijn kleine trut, we willen niet dat mensen denken dat we hier iets spelen."

Hij zag haar naar haar grote, plagende glimlach kijken terwijl ze diep bloosde en haar hoofd boog.

***

Terwijl ze zich bukte om haar gezicht te wassen en te herstellen, herinnerde ze zich hoe het voelde toen hij haar aanraakte.

De schijnbare hardheid onder zijn broek.

Haar gedachten dwaalden af met beelden van hoe zijn staart eruit moest zien.

Ze huiverde.

***

"Omdat je zo'n ongemakkelijk meisje bent maar een engelengezicht hebt, draag je een nat slipje, Susy, laat mensen zich afvragen of de engel zo onschuldig is als het lijkt!" Hij genoot van de geschokte blik op haar gezicht. "Morgen, nadat je gedoucht hebt, wil ik dat je je favoriete slipje kiest en het over dat kleine poesje legt." Zijn gedachten deden hem denken aan haar strakke, vers geschoren kutje van zijn inspectie die ochtend. "Dus ik wil dat je masturbeert tot het punt van een orgasme komt en dan stopt, je kleedt en aan het werk gaat. Zodra je daar bent, kom dan naar mijn kantoor."

Zijn ogen werden groot, zijn hart begon wild te bonzen.

Wat hij vroeg was een beetje schandalig, maar haar kut trok samen en ze voelde het meer druipen.

Met bevende stem antwoordde ze "Ja, Meester".

Hij keek haar met doordringende ogen aan en liet haar nog meer blozen.

Zijn hand kwam om haar heen en raakte haar vochtige, met katoen bedekte poesje aan.

Toen fluisterde hij in zijn oor met een dreigend gegrom:

'En heb deze week geen seks met je onoplettende vriend, Susy. Deze week ben je van mij. Begrepen?'

Zijn gezicht lichtte helder op toen hij fluisterde: 'Ja, meester.'

* * *

Die nacht viel ze in slaap en viel ze in slaap.

Haar dromen werden door hem vervuld, zijn lichaam was zo opgewonden dat hij er constant nat en behoeftig uitzag.

Ze overwoog haar vriendin te bellen.

Hoe zou de meester weten of hij het wist?

Diep van binnen wist ze dat ze zich hierdoor gefrustreerd en schuldig zou gaan voelen, dus begroef ze haar hoofd in het kussen en probeerde ze weer in slaap te vallen.

* * *

De volgende ochtend ging hij, na lange voorbereidingen, met onrustige benen aan het werk op zijn reizen.

Hij keek rond om te zien of mensen zijn opwinding konden voelen. Zijn tepels werden steeds harder van zijn behoefte om klaar te komen en zijn kleine knop irriteerde hem.

***

Toen ze aankwam, ging ze meteen naar haar kantoor.

Hij was aan de telefoon en toen zijn ogen naar haar draaiden, verscheen er een glimlach.

Hij pakte een pen en schreef "uitkleden" op het notitieblok naast hem.

Hij sloeg de bladzijde naar haar toe en wees naar de plek voor haar stoel tussen haar gespreide benen.

Haar benen trilden terwijl ze gehoorzaam om het grote bureau liep en zich uitkleedde.

Hij bedekte het mondstuk met zijn hand en fluisterde:

"Langzaam is het geen medisch onderzoek"

Hij knipoogde naar haar en ze bloosde en knikte, begreep dat hij zich sensueler moest uitkleden.

Hij deed dat en hoorde hem ten slotte naakt zeggen:

"Sorry Harry, ik moet je nu verlaten. Ik bel je later, iemand heeft mijn aandacht nodig."

Hij glimlachte naar haar en hing op.

Hij bekeek haar kritisch, streek met een vinger over de binnenkant van haar dij om hem nat te voelen, leunde toen achterover en streek met zijn tong over het puntje van haar natte vinger.

'Draai je om en buig je over het bureau, kleine hoer, met benen uit elkaar.'

Ze draaide zich om en draaide zich om en presenteerde hem haar strakke kontje.

Terwijl ze keek naar het kleine puntje van de doek dat uit haar schaamlippen ontsproot, kneep hij erin en begon langzaam en verleidelijk te trekken.

Met grote ogen en bijna waterig van de werveling van gevoelens en emoties, bewoog hij haar slipje en zag hoe haar kutje nog meer druppelde terwijl ze het optilde.

Toen de strook stof in haar spleet raakte, trok hij hem strak en keek naar haar gezicht in de spiegel terwijl ze op haar lip beet en kreunde.

Hij sloeg haar blote kont en zei dat ze moest opstaan. Hij keek haar kritisch aan terwijl ze overeind kwam en zich naar hem omdraaide.

Na zijn inspectie gaf hij haar weer een klap op haar billen en beval haar haar kleren te repareren, haar doorweekte slipje aan te trekken en weer aan het werk te gaan.

Hij hield erg van de blozende en verwarde blik op haar gezicht.

Toen keerde ze hem de rug toe en pakte de telefoon om haar vorige gesprek voort te zetten. Haar ogen waren gefocust op haar spiegelbeeld in de wanden van haar kantoor.

"O ja." Hij dacht bij zichzelf: "Dit wordt een zeer bevredigende week. En als mijn plan werkt, zal het veel, veel langer duren dan een week ..."

ONTMOETING MET EEN MANAGER

Hij keerde terug naar zijn bureau, zijn gezicht rood van onbehaaglijkheid en verlegenheid.

Het was niet eens bij hem opgekomen om nee te zeggen en het spel te stoppen.

Hij bleef minutenlang zitten en vroeg zich af wat er zou gebeuren als hij dat deed.

"God," dacht ze. 'Zou je haar ontslaan en aan haar familie uitleggen waarom of zou ze hun vertellen dat ze het moest doen omdat ze zo stout was?

'Misschien', wierp ze tegen. 'Ze kon naar haar vader gaan en hem vertellen wat deze man haar dwong, maar ze was depressief toen ze besefte dat hij niets had gedaan waar ze niet mee had ingestemd of gevraagd, en dat ze haar vader dat niet kon vertellen.'

Ze glimlachte en dacht aan haar liefhebbende vader.

Ze was zijn lieve engel en ze kon het niet verdragen hem teleur te stellen met de waarheid dat ze wat meester Robert een klein kreng noemde.

Verdwaald in haar dagdromen zag ze de instant message pas knipperen toen het te laat was.

Een tweede en derde bericht verscheen "HIER NU!"

Ze hoorde hem bijna schreeuwen terwijl hij sprong en huiverde van verwachting.

Ze antwoordde niet, maar rende haar kantoor binnen en stopte vlak voor de deur.

Toen hij binnenkwam en zonder iets te zeggen, gebaarde hij dat ze de deur moest sluiten en wees naar een plek voor zijn bureau.

Ze liep langzaam naar de plek en stond daar verwachtingsvol toen hij klaar was met het schrijven van aantekeningen op zijn computer.

Hij keek haar teleurgesteld aan en schudde zijn hoofd.

Zijn zwijgen maakte haar nerveuzer, ze stond op en volgde haar, trok haar rok uit, legde haar nog vochtige slipje bloot en sloeg ze hard achter haar.

Genietend van haar gepiep, draaide hij haar om en drukte op haar kin zodat ze zijn ogen ontmoette.

Hij boog zich naar haar toe en gromde: 'Ik, Susan, ben je meester! Jij, mijn meisje, bent mijn slaaf en je onoplettendheid doet me geloven dat je het moet onthouden.'

Hij zag haar ogen wegtrekken van de zijne.

"Kijk naar me!" Hij gromde in haar gezicht en genoot van haar zucht terwijl haar ogen naar hem schoten.

Ze keek naar hem op en begon zich te verontschuldigen, maar hij drukte zijn hand steviger tegen haar kin, wat haar het zwijgen oplegde toen de tranen in zijn ogen opwelden.

Hij zag er zo kwetsbaar uit dat zijn staart trilde.

'Je moet natuurlijk gestraft worden, maar ik denk dat je weer een pak slaag zou hebben, toch mijn kleine teef?'

Hij keek tevreden toe, zijn gezicht stroomde door schaamte en zijn donkere ogen staarden haar aan.

'Ik wacht op een van de managers en ik heb op dit moment geen tijd om met je ongehoorzaamheid om te gaan.' Hij stuurde haar naar de hoek van zijn kantoor achter zijn bureau en vervolgde: 'Ga in de hoek staan als het stoute meisje dat jij bent terwijl ik Alan ontmoet.'

Hij voelde haar verstijven en zag haar handen over haar rok glijden, maar hij sloeg haar hard op haar kont en liet een rode, hete indruk achter.

'Laat de rok zoals hij is. Kruis je armen voor je als je deze eenvoudige instructie niet eens kunt volgen.'

Hij hoorde haar kreunen en een snik onderdrukken, en hij keerde terug naar zijn bureau met een glimlach die zijn gezicht verlichtte.

Ze werd lichamelijk bleek toen ze hem zijn stem hoorde verheffen en schreeuwen:

'Kom binnen, Alan. Sorry, mijn assistent was er niet om je input te geven.'

Hij hoorde een diepe, lachende stem toen Alan binnenkwam.

'Geen probleem, Robert. Ik zie dat je hier opnieuw hebt ingericht. Heel goed, moet ik zeggen, en die scheut rood die je hebt toegevoegd, is geweldig!'

Zijn hoofd racete:

'Heeft hij het over haar gehad? Zeker niet'

Maar ze kon niet voorkomen dat er een felle blos op haar wangen verscheen als ze uit het dichtstbijzijnde raam keek.

Ze probeerde stil te blijven en niet zenuwachtig te worden, in de hoop op een achterbank te gaan zitten terwijl ze het over een cliënt of iets anders hadden.

Uiteindelijk eindigde de bijeenkomst en vertrok Alan tevreden:

'Ik denk dat ik mijn kantoor op dezelfde manier zou kunnen inrichten, Robert, maar misschien met een Scandinavisch thema.'

Hij knipoogde naar Robert sluw en voegde eraan toe:

'Ik word gek als ik een blondine met rondingen zie. Misschien wordt het tijd om van Anne mijn persoonlijke assistent te maken.'

Hij lachte hardop toen hij wegging en ze dook weg.

HET NIEUWE SPEELGOED

Hij liet haar daar een half uur achter terwijl hij de rapporten op de computer invulde voordat hij haar uiteindelijk belde om langs te komen.

'Ik hoop dat ik je niet nog een keer hoef te straffen, slaafje, en om je te helpen opletten heb ik een cadeautje voor je.'

Hij opende een la in zijn bureau, haalde een kleine roze cilinder tevoorschijn en keek haar aan toen ze hem nieuwsgierig aankeek.

"Ze is echt zo onschuldig", dacht hij bij zichzelf, glimlachend terwijl hij haar zei naar de privébadkamer te gaan en het nieuwe speeltje in haar kutje te steken alsof het een tampon was.

Hij was dol op de manier waarop emoties op haar gezicht speelden en bloosde charmant terwijl haar gedachten zich verzetten tegen haar onderwerping aan hem.

"NU, slaaf!"

Ze nam het kleine voorwerp uit zijn hand, liep langzaam de badkamer in en draaide zich om om de deur te sluiten.

Maar ze zag hem daar gluren en naar haar kijken.

"Ik moet eerst plassen, meester." Ze stotterde.

'Vooruit, slaafje, ik zal je niet tegenhouden.' Hij liep een beetje achteruit, maar liep niet bij de deur vandaan om hem open te houden.

Hij verstijfde en draaide zich om toen hij haar luid hoorde zuchten.

Ze leek het niet te merken toen ze haar slipje naar beneden trok om te plassen en het speeltje in te brengen.

Ze stond op en trok het natte slipje op zijn plaats.

En toen haar handen klaar waren om haar rok te laten zakken, hoorde ze hem met zijn tong klikken.

Ze keek op en zag dat hij zijn hoofd schudde.

Ze hield haar rok strak om haar middel, waste haar handen en volgde hem naar haar bureau.

Ze zag hem boos naar haar kijken en vroeg zich af wat ze nu had kunnen doen om hem kwaad te maken.

'Susan, dit is een lesdag voor jou denk ik.'

Hij zweeg even en liet haar over zijn woorden nadenken.

"Slaven zuchten niet om hun meesters! Begrepen? Het is een gemakkelijke, ja meester, want aangezien je mijn slaaf bent, zul je me gehoorzamen!" Hij keek haar aan terwijl hij zijn laatste overtreding uitlegde.

Hij zag de afgrijzen en schaamte over haar gezicht spoelen en zijn tanden bijten weer heerlijk op haar onderlip.

Soms is het alsof je een kind straft, dacht ze.

Met grote ogen knikte ze en herstelde zich genoeg om 'Ja, Meester' te fluisteren toen ze hem zag verstijven van woede.

Nu was ze bang omdat haar schijnbare woede bevestigde dat dit niet langer een spel was.

De bevestiging trof haar als een klap in haar gezicht die haar bijna op de hielen schudde van de kracht van het nieuwe bewustzijn van haar situatie.

Ze wist dat ze te ver was gegaan, te veel had gedaan, hem te veel met haar had laten doen, zodat ze zich nu kon terugtrekken of hem kon vragen te stoppen.

Elk dergelijk woord zou in zijn keel zijn gestorven.

Na minuten van stilte begon ze te snikken en draaide zich om om weg te gaan.

Hij zag haar uit elkaar vallen, het besef van zijn bedoelingen viel over haar heen.

Dit was zijn moment om het echt de zijne te maken.

Ze moest snel bewegen voordat ze in paniek raakte en volledig van hem wegliep.

Hij stak zijn hand uit en pakte haar arm voordat ze kon rennen.

Hij hield een afstandsbediening voor zijn ogen en drukte op de knop om een zacht gezoem in haar kutje te activeren.

Ze kromp ineen en kreunde en keek hem aan.

Met een diepe stem zei hij:

"Ja, kleine teef, ik bestuur dit nieuwe speeltje in je poesje net zoals ik jou bestuur. Ik ben je meester."

Hij keek haar angstige ogen aan terwijl hij haar kont streelde.

Het speelgoed neuriede sneller.

Zijn ademhaling nam toe met zijn opwinding.

Hij leunde voorover om in haar oor te fluisteren:

'Je vindt het leuk om mijn hoer te zijn, toch Susy?'

Hij kwam dichterbij en trok haar naar zich toe terwijl hij verder ging:

"Zonder te hoeven verbergen hoe ondeugend je bent en de gevoelens in dat strakke kleine poesje waar het speeltje je mee achterlaat als je bij mij bent, weet je dat je me moet dienen."

Daarop sloeg hij hem hard op zijn kont en verwarmde hem met zijn handafdruk.

Toen ze de beet op haar lip zag, zag ze emoties boven haar expressieve gezicht, dat zich vulde met kleur.

'Je kunt zelf bij me zijn, Susy. Ik hou van alles wat je bent en alles wat je voor mij kunt en wilt zijn.'

Hij voelde de hitte uit haar komen, hoe schaamte en angst zich vermengden met de groeiende seksuele honger die in haar groene ogen steeg door de opwinding van het speeltje in haar kutje.

Het was een langzame, opzettelijke woordkeuze die haar deed doordringen in haar geest, terwijl ze worstelde om te beseffen dat dit nooit meer een spel voor hem zou zijn.

Hij sprak om haar hoofd onvermoeibaar met zijn wensen te vullen.

"Ik ken je het grootste deel van je leven. Altijd zo lief, zo onschuldig en zo gehoorzaam dat ik wist dat je als slaaf geboren was, mijn kleine sletje. Je hebt een meester nodig die je het plezier en de pijn geeft, na waar je naar verlangt. "

Hij hield zijn stem zacht en zacht gefluister in zijn oor, maar met een strenge en bevelende toon in zijn woorden.

"Je kunt me vertrouwen Susy, ik zal voor je zorgen en je beschermen terwijl ik je verlangens en verlangens voed."

Hij onderbrak dit met nog een klap op haar toch al rode kont.

'Alles wat ik van de kleine slaaf vraag, is dat je mij dient en mij goed gehoorzaamt. Ik ben je meester, Susy. En jij, kleine teef, bent de slaaf die ik wens.'

Ze hijgde nu en haar lichaam beefde zichtbaar van opwinding toen hij het speeltje een beetje harder activeerde en haar kont weer sloeg.

'Ik zal je als mijn kostbaarste bezit bezitten en er voor zorgen. Als je meester zal ik je trainen om mij een plezier te doen en je straffen als je dat niet doet.'

Zijn hand raakte haar kont weer.

Ze spreidde haar benen een beetje breder, hield haar nauwelijks overeind terwijl hij haar gaf wat ze nodig had.

Net toen hij op het punt stond haar te domineren, had ze zijn eisen om controle over haar nodig.

Hij kon zien en voelen hoe heet hij werd elke keer dat ze zijn steeds denigrerende bevelen gehoorzaamde, zelfs nu hij in haar met tranen gevulde ogen keek.

'Je moet je meester vertrouwen en gehoorzamen, Susy.' Hij sloeg haar kont weer en gromde zachtjes. 'Kom me halen, mijn kleine kreng. Gehoorzaam me en kom je meester halen, slaaf.'

Hij stopte zijn been tussen haar terwijl ze haar heupen verdraaide, haar haar natte, kloppende kut tegen zich liet slepen en haar hoofd zag terugvallen om te kreunen.

Hij sloeg zijn armen om haar kleine lichaam en trok haar dichter naar zich toe toen ze begon te rillen en te beven. Hij tilde haar op, droeg haar naar een gevulde stoel en ging met haar op zijn schoot zitten, terwijl hij langzaam het gezoem in haar liet verdwijnen.

Op dat moment wilde ze hem alleen maar een plezier doen, hem gehoorzamen, voor haar zorgen en haar waarderen.

Ze zat een hele tijd op zijn schoot en voelde hoe hij haar streelde, haar haar en rug streelde terwijl hij kalmeerde.

Niet in staat om te zeggen hoe hij zich voelde, dacht hij aan alles wat hij had gezegd en gedaan.

In de dingen die ze de afgelopen drie dagen had gedaan die hij haar had aangedaan, in zijn woorden van vertrouwen en zorgzaamheid, de vreugde en pijn die hij haar had aangedaan.

Ze draaide zich onbewust om en beet weer op haar lip.

Zijn blos vulde haar gezicht, zijn schaamte en vernedering namen alle andere emoties over.

Ze was nog een beetje bang voor zijn woede en voor wat dit veronderstelde spel echt voor haar betekende, maar ze voelde ook zijn liefde voor haar.

Hij was bijna een vaderfiguur, streng en streng, maar zorgzaam terwijl ze in zijn armen zwaaide.

Was het verkeerd van haar om hem zo te zien, gezien wat hij had gedaan en hem dat haar dat bleef aandoen?

Hij accepteerde niet alleen hun capriolen, hij moedigde ze ook aan.

Het had haar doen schreeuwen om orgasmes, maar ze had de hare niet gezocht.

Zijn gedachten vertrokken van wat hij voelde.

Ze had het gevoel dat ze dit voor hem wilde doen, en de sterke behoefte om van hem weg te rennen werd op dat moment vervangen door een verlangen om hem een plezier te doen terwijl ze nadacht over zijn woorden, zijn zorg, zijn vertrouwen en zijn liefde. .

Ze stelde zich voor hoe het zou zijn om door hem te worden geneukt en gevuld met zijn sperma en kronkelend in zijn armen die tegen zijn sterke, stevige lichaam drukten.

Hij zat bij haar op schoot te nestelen en keek naar haar gezicht, wetende dat ze nadacht over alles wat hij haar had verteld terwijl hij haar groeiende masochistische behoeften voedde.

Hij glimlachte toen hij haar op haar lip zag kauwen en blozen.

Hij moest dit mooie kleine meisje met lichaam en ziel bezitten om haar zijn pijn te laten verdragen en voor hem te lijden, maar hij had haar nodig om gewillig naar hem toe te komen.

Haar geest werd donkerder en er was al haar wilskracht voor nodig om haar plan niet op te geven en haar lichaam nu te nemen om haar te bezitten en haar te dwingen hem van dienst te zijn.

Hij besloot dat hij een van de bedrijfssletten moest zoeken om zijn frustratie op te lossen voordat hij zijn besluit verloor.

Hij sloeg haar kont en maakte haar wakker:

'Kreng, je was vanmorgen een nutteloze persoonlijke assistent, dus ga terug naar je bureau en ga verder met je werk. Ik bel je als ik je nodig heb.'

Hij grijnsde toen het speeltje even neuriede en ze hapte naar adem, omdat ze de betekenis ervan te duidelijk begreep.

Hij hielp haar van zijn schoot en glimlachte terwijl hij haar verwarde blik en haar glanzende, natte dijen in zich opnam.

"Je kunt mijn badkamer gebruiken om jezelf schoon te maken, kleine teef, maar laat het speelgoed waar het is." Hij glimlachte terwijl ze naar adem hapte.

"Als ik liefheb."

Terwijl ze naar de badkamer snelde en zichzelf in de spiegel bekeek, vroeg ze zich af of ze ooit zou stoppen met blozen als ze bij hem was.

Ze repareerde snel haar make-up en veegde elk bewijs van het plezier dat hij haar gaf weg. Ze kromp ineen toen ze zich omdraaide en zijn rode kont zag.

Toen ze de badkamer uitkwam, zag ze dat hij was vertrokken zonder een woord te zeggen en keerde terug naar haar bureau en voelde zich vreemd alleen zonder zijn constante aanwezigheid.

BLOOTGESTELD VOOR ANDEREN

Een paar uur later voelde hij dat het speeltje weer begon te neuriën, voordat hij ontspannen en blij naar haar keek.

Hij beantwoordde de glimlach op haar gezicht toen hij hem zag, ging achter haar staan en keek over haar schouder naar haar computer. Hij legde beide handen op haar tieten en kneep erin tot ze zacht kreunde.

'Werk je hard, mijn kleine slaaf?'

Voordat ze antwoord kon geven, zag ze Alan opscheppen met Anne, de blonde bom van de receptie, naast hem.

"Goedemiddag, meneer Clarkson," glimlachte Susan, terwijl ze probeerde te negeren dat de handen van haar Meester nog steeds haar tieten aan het kneden waren, ook al zei de blos die haar gezicht bedekte veel.

'Susan, schat, ik heb je vanmorgen gemist, ik hoop dat je geen probleem hebt gehad.'

De schijnbaar altijd luidruchtige Alan Clarkson knipoogde en giechelde:

"Anne is nu mijn persoonlijke assistent en ik moet haar voor een paar dingen opkopen zodat ik haar goed kan trainen in alles wat haar nieuwe rol met zich meebrengt."

Hij grijnsde naar Susan.

'Robert wil ook wat dingen voor jou, vrolijke meid, maar we moeten wat maten en afmetingen weten. Hoewel, voor zover ik kan zien, je training erg handig is geweest.'

Hij lachte goedmoedig en keek naar de handen van zijn Meester, die haar kleine tieten nog bedekten.

'Laten we naar mijn kantoor gaan om een lijst te maken.'

Haar Meester lachte samen met Alan, tilde haar bij de tieten op en klopte haar zachtjes om haar in beweging te krijgen.

Hij bracht haar naar het midden van de kamer en beval haar haar aan te staren:

'Susan, kleed je uit zodat Anne nauwkeurige metingen kan doen.'

Hij wierp haar een strenge blik toe terwijl ze aarzelde.

Ze verstijfde van ongeloof, het speelgoed zoemde harder en deed haar naar adem happen en opkijken. Hij trok een wenkbrauw op.

Ze slikte en schudde lichtjes haar hoofd.

"NU Susan!" Woede flitste in zijn ogen toen hij naar haar keek.

Ze raakte ze met trillende handen aan, liet haar rok vallen, trok haar jasje en blouse uit en overhandigde ze aan Anne, die de maten controleerde en aantekeningen maakte.

"Susy, de bh ook, je slipje mag je voorlopig maar vies houden."

Hij bleef haar aanstaren.

Ze schaamde zich voor zijn woorden en trok haar beha uit.

Ze trokken zich van haar terug toen ze zich uitkleedde.

De twee mannen liepen naar het bureau van hun meester om hun lijst met zachte stem te bespreken en van een afstand te bekijken.

Ze schaamde zich van binnen, was bijna naakt en huiverde toen Anne haar lichaamsdelen aanraakte, waaronder haar polsen, enkels en nek, voor wat leek op een eeuwigheid.

De handen van de blonde vrouw leken haar nog meer op te winden terwijl het speelgoed zoemde, waardoor ze natter werd en haar tepels ongelooflijk hard, wat haar vernedering nog meer deed toenemen.

Alan grijnsde toen hij Anne eindelijk zag opstaan en het meetlint uitrolde.

"Kom op slaaf, laten we gaan winkelen!" Susan verstijfde, maar hij pakte Anne bij de arm, leidde haar de kamer uit en zei over zijn schouder. 'Ik zie je over een paar uur, Robert.'

Susans ogen werden groot bij het woord slaaf dat aan een ander meisje was gericht en ze draaide zich om om ze te zien vertrekken.

Hij gebaarde dat hij dichterbij moest komen en wees naar een plek op de grond achter zijn bureau naast hem. Hij keek haar bijna naakt aan toen ze de ruimte binnenkwam.

'Vond je het leuk om de hele dag dat vuile slipje te dragen?'

Hij streek met een hand over haar heup en haar poesje voelde haar nattigheid.

"Ik houd niet van."

Hij glimlachte.

"Nou, doe ze uit en denk er de volgende keer dat je in de verleiding komt om een slipje te dragen, na over hoe het voelt."

Zijn glimlach werd ernstig.

'Je draagt niets dat je kleine poesje bedekt zonder mijn uitdrukkelijke toestemming. Zie je me als een slaaf? Of je ongemak zal veel erger zijn, dat beloof ik.'

Zijn ogen zochten de hare, om zich ervan te vergewissen dat ze begreep dat dit, zoals al zijn bevelen, niet onderhandelbaar was.

Ze trok haar vochtige, bevlekte slipje uit, stond bevend en naakt voor hem, langzaam ademend en fluisterde:

"Als ik liefheb."

Hij streelde zachtjes haar billen, duwde haar naar beneden, zette haar op zijn schoot en sprak zacht, maar met een scherpe stem.

"Als je mijn slaaf bent, als ik je vraag iets te doen wat je gehoorzaamt, is dat dan de juiste slaaf?"

Zonder hem de tijd te geven om te antwoorden en haar mooie kont te strelen, bleef hij zeggen.

'U stemde toe. Vandaag moet ik u voor de derde keer straffen.'

Hij had haar kamer niet verlaten om haar antwoord te geven, en hij glimlachte terwijl ze kreunde.

'Je aarzeling toen ik je vroeg om je uit te kleden was onaanvaardbaar. Je zult me als slaaf gehoorzamen, ongeacht wie er in de buurt is.'

Hij voelde haar gespannen toen ze haar afkeer beschreef.

'Je moet erop vertrouwen dat ik je niet in gevaar breng. Alan is ook een meester en Anne is zijn slaaf.'

Hij liet verdriet en teleurstelling in zijn stem sijpelen.

'Je weigering om je uit te kleden toen ik je beval, was niet alleen een weerspiegeling van jou, kleine slaaf, maar van mij als je meester.'

Ze huiverde bij de toon van zijn stem en schaamde zich dat ze hem weer van streek had gemaakt. De behoefte om hem een plezier te doen had haar eerder wakker geschud en haar om vergeving gevraagd.

Ze begon haar verzoek te uiten, maar legde haar het zwijgen op.

"Ik begrijp dat je je als een slaaf voelt en het maakt me verdrietig dat ik je opnieuw moet straffen, maar je zult leren me te vertrouwen en te gehoorzamen in alles wat ik van je vraag."

Ze kreunde van verlegenheid, net als de warmte die zich in haar opbouwde, veroorzaakt door zijn strelende hand en het speeltje dat diep in haar druipende poesje neuriede.

Ze voelde zijn hand opsteken en ze wilde geloven dat hij haar ging slaan, maar het maakte plaats voor het gevoel van een dunne stok die haar huid streelde.

Ondertussen bewoog zijn linkerhand zich onder haar om haar poesje te strelen en meer plezier te geven aan de mix van emoties die door haar heen stroomde.

Ze kronkelde bij zijn aanraking, maar piepte van verbazing toen de stok in haar kont sloeg, in haar vlees beet en haar met haar voeten hoog op zijn schoot liet springen.

Ze voelde zijn vingers in haar kutje zinken en haar clitoris greep haar vast en ze schreeuwde weer. Haar hijgen en kreunen veranderden in pijnlijke miauwen en erotische happen terwijl hij haar nog twee keer sloeg terwijl hij zijn vingers verder in haar kutje gleed.

Bij elk van zijn overtredingen die dag verschenen er drie scherpe rode vlekken op zijn huid.

Hij kon de striemen op zijn huid voelen toen de wrede staf werd vervangen door zijn hand.

Zijn vingers draaiden en trokken aan haar gezwollen klitje terwijl hij onverbiddelijk hard op de gekrulde lijnen sloeg en haar in zijn schoot liet draaien en buigen, kreunend van pijn en opwinding.

Hij keek naar het exquise, kleine, rode lichaam op zijn schoot.

Zijn vreugde en opwinding waren duidelijk toen hij zag dat ze van hem genoot en om hem huilde.

Hij was haar meester, een wens die lang had gewacht om uit te komen.

Aan het einde van de week zou ze graag haar plaats als zijn slaaf innemen of hij zou haar zo nodig met geweld nemen, maar ze wist dat hij haar niet kon laten gaan.

Hij sprak weer zacht en grommend:

'Kom je meester halen, kleine slaaf. Laat me zien hoeveel je van mijn straf houdt.'

Zijn lichaam draaide, kronkelde, spande en beefde toen het op zijn bevel explodeerde.

Zijn verstand was verloren en voor de derde keer die dag zweefde in een wolk van plezier en pijn.

Ze schreeuwde om hem en kwam.

NIEUWE KLEDING VOOR SUSAN

Susan werd versuft en verward wakker, nog steeds naakt.

Ze nestelde zich in de armen van Meester op de grote met schuim gevulde bank in zijn kantoor.

Hij hield haar zachtjes en beschermend vast als die van een lieve minnaar.

Haar lichaam vertelde haar echter iets anders, en ze moest dringend haar pijnlijke spieren strekken.

Ze probeerde zich zachtjes uit zijn armen te bevrijden, maar voelde hoe ze zich om haar heen sloot.

Ze gaf het op, rolde haar armen achter haar rug en rekte haar lichaam uit. Ze voelde de spieren protesteren en voelde meer pijn.

Ze keek hem in de ogen terwijl hij naar haar keek.

Ze liet eindelijk haar omhelzing los en streek met zijn handen over haar lichaam terwijl ze zich uitstrekte als een kat.

"Jij hoort bij mij." Hij zei net.

Sla lichtjes op je heup

'Het wordt al laat, kleine Susy, je hebt een tijdje geslapen, ik heb een auto voor je klaarstaan om je naar huis te brengen.'

Hij glimlachte vriendelijk naar haar.

'Je kunt je maar beter aankleden en naar huis gaan voordat ik hier meer dingen vind om te doen.'

Zijn ogen werden groot en hij lachte.

'Je kunt het iedereen vertellen die vraagt dat ik je laat op je werk heb gehouden voor trainingsdoeleinden.'

Hij lachte echt om haar rode gezicht toen ze opstond en naar haar jurk keek.

Ze kromp ineen en voelde een wervelwind van ongemak terwijl ze de rok langs haar billen streek.

Ze ging even naar haar badkamer om haar haar en make-up zo goed mogelijk te laten doen voordat ze achter haar bureau ging om haar weggegooide vuile slipje te halen.

Slipje in de hand, stelde ze zich gehoorzaam voor en vroeg:

'Wilt u me excuseren voor vandaag, meester?'

Hij glimlachte naar haar en stond op om haar diep te kussen.

Verbaasd slaakte ze een gil toen ze zijn lippen op de hare voelde, verrast door de kus.

Na alles wat er de afgelopen dagen was gebeurd, was dit haar eerste echte kus en smolt ze met hem.

Hij droeg haar naar zijn bureau zonder de kus te verbreken.

Hij legde hem voorzichtig op tafel zodat ze haar tas terug kon krijgen en zei zachtjes:

'Ja, mijn slaaf, ik mocht je vandaag eindelijk.'

Hij liet een vleugje glimlach over zijn gezicht glijden terwijl hij haar plaagde.

'Ga naar huis voordat ik van gedachten verander.'

Hij klopte haar kont en genoot van haar gekreun. Hij verliet haar en ging terug naar zijn kantoor.

Ik was meer dan tevreden.

Maar hij wist niet wat hij kon verwachten als ze de volgende ochtend wakker werd.

Hij vroeg zich af of hij haar op zijn strafdag te ver had gebracht.

Hij glimlachte bij zichzelf.

Ze was schattig in haar natuurlijke onderwerping, en hoewel ze op een bepaald moment van de dag leek te vertrekken, was ze gebleven.

***

De auto wachtte op hen, zoals hij had gezegd.

De chauffeur was vriendelijk en eenmaal binnen gaf hij hem een tas van een plaatselijk restaurant.

'Meneer Robert heeft me gevraagd iets te eten voor je te halen, omdat hij je laat opstaan voor een training.'

Hij glimlachte om de verrassing en het roze dat over haar wangen liep toen ze de tas pakte en hem bedankte.

De weg naar huis was stil.

Hij staarde haar in de spiegel aan terwijl ze uit het raam staarde zonder het landschap echt te zien. Haar ogen waren verloren in gedachten aan haar dag.

Hij glimlachte terwijl hij zijn lippen met zijn vingers aanraakte en dacht aan alles wat er was gebeurd.

En wat er gebeurde, het was zijn kus die werd uitgesteld.

De waarheid was dat ze genoot van de dingen die hij haar liet doen, dingen die ze nooit alleen of met haar vriend zou hebben gedaan.

Ze vond het leuk om te kunnen doen alsof ze een 'brave meid' was die gedwongen werd in plaats van toe te geven dat elke nieuwe ervaring die hij haar deed haar geest en lichaam opwinden.

Maar van al deze dingen was het de kus die bij haar bleef.

De intimiteit van zijn diepe en hartstochtelijke kus was heel anders geweest dan de gezaghebbende en beheerste manier waarop hij haar lichaam had geprovoceerd en plezier en pijn had gebracht, waardoor ze zich schuldig en beschaamd, behoeftig en verlangend voelde.

Ze wist dat wat ze deed als slaaf verkeerd was en tot vanavond had ze zich afgevraagd hoe slecht ze kon zijn voordat de week voorbij was.

Hij raakte zijn lippen weer aan, maar de kus leek hem op de een of andere manier niet zo slecht te doen voelen.

Hij had zijn liefde en passie voor haar gevoeld in die ene kus.

***

Ze wierp zich op haar bed en rolde om terwijl ze probeerde te slapen.

"Ze groeide op en kende hem als een deel van haar familie, bijna als een oom. Ze hield van zijn toegeeflijke, huiselijke vrouw en was bevriend met zijn zoon!"

Ze trok de dekens eraf en staarde met schuldgevoel en schaamte naar het plafond.

"Wat is er met hem gebeurd?"

Ze kreunde zachtjes terwijl zijn hand haar lichaam streelde, dat de dag opnieuw beleefde, haar woede, haar angst, haar teleurstelling, haar schaamte, haar verlangen, haar behoefte om hem te plezieren en ten slotte de passie van zijn kus.

Ze kwam die dag voor de vierde keer en viel uiteindelijk in slaap.

* * *

Hij werd wakker en kroop onder de douche. Zijn schuldgevoel en schaamte kwamen bij hem terug.

Ze was bijna bang om naar haar werk te gaan en uit te zoeken wat die dag voor haar in petto had. Ze voelde zich slecht en overwoog om te bellen om te zeggen dat ze even ziek was voordat ze haar hoofd schudde.

De paniek verliet hem toen hij de badkamer uitkwam en hij vloekte zachtjes toen hij besefte dat hij te laat zou komen.

Hij kleedde zich snel aan en rende de trap af om de deur uit te vliegen.

Hij rende naar buiten om zichzelf rechtstreeks in de armen van zijn chauffeur van de dag ervoor te nemen.

Hij pakte haar beet terwijl ze naar de bus rende.

"Susan"

Ze keek op.

'Rustig maar, meisje. Meneer Robert heeft me vanmorgen gestuurd om je op te halen.'

Ze deed een stap achteruit en opende de deur die haar naar de auto leidde.

Ze gehoorzaamde gehoorzaam, verbluft door zijn aanwezigheid.

Terwijl hij klom, zag hij twee dozen op de stoel naast hem.

Een ervan bevatte kaneelkoekjes met lachende gezichten en hun favoriete sap.

En er was een briefje dat aan haar was gericht in een grotere doos.

Ze las:

"Goedemorgen mijn slaaf, ik hoop dat je goed hebt geslapen, ik ben van plan voor je te zorgen als mijn kostbaarste schat, maar er valt nog veel te leren hoe je je meester kunt plezieren. Je bent jong en mooi, je moet deze ouderwetse kopen Draag geen werkkleding die je moeder je heeft opgehaald. Ontbijten snel en trek het pak uit deze doos aan voordat je naar je werk gaat. Maak je geen zorgen over de chauffeur, vertrouw en gehoorzaam. Robert. '

Ze tikte op de schouder van de chauffeur en vroeg of ze kon stoppen bij een café of waar dan ook met een badkamer, maar hij schudde zijn hoofd.

'Nee. U zei me dat ik erover moest beginnen zonder te stoppen, juffrouw.'

Ze leunde achterover en bedacht wat ze moest doen.

Ze wilde niet gestraft worden zodra ze binnenkwam.

Ze dronk de koekjes en het sap op, zakte in de hoek van de auto en hield haar jasje tegen haar borst terwijl ze de witte zijden blouse aantrok die ze uit de doos had gehaald.

Haar tepels werden hard en drongen door het zachte materiaal toen ze eraan dacht dat de chauffeur naar haar keek, maar ze wilde niet in de spiegel kijken om het te controleren.

Ze trok de donkerblauwe plooirok uit de doos en leunde voorover om haar naaktheid te verbergen.

Ze trok haar rok uit en legde de nieuwe op zijn plaats.

Om haar best te doen had ze in plaats van de blouse en rok die ze droeg de blouse en de plooirok aangetrokken.

Hij haalde een klein jasje uit de doos en legde het naast hem op de stoel. Hij controleerde het vakje om er zeker van te zijn dat het al leeg was.

Ze vond dijhoge witte kanten kousen en een briefje ...

'Houd je rok omhoog terwijl je je kousen aantrekt en de chauffeur zal je het laatste deel van je outfit geven. Vertrouw en gehoorzaam, kleine slaaf. Robert.'

Beschaamd vermoedde ze dat hij haar waarschijnlijk had zien omkleden, dus trok ze haar rok omhoog en trok de kousen weer op hun plaats, waarbij het elastiek over haar dijen trok.

De chauffeur glimlachte in de spiegel en gaf haar een paar donkerblauwe schoenen met hoge hakken die bij het pak hoorden.

Met een rood gezicht nam ze de schoenen met een vriendelijk "dankjewel" en stopte haar kleren in de lege doos.

Hij leunde achterover, trok zijn schoenen aan en vermeed de rest van de reis de ogen van de chauffeur.

* * *

Toen ze uit de auto stapte en haar colbert aantrok, ontdekte ze dat haar brede revers haar ronde tieten omlijstte en dat de twee onderste knopen haar van haar middel trokken om haar kleine heupen breder te maken.

Ze trok het korte plooirokje recht dat nauwelijks de bovenkant van haar kousen bedekte en leunde naar de auto.

Ze realiseerde zich dat haar blote kont te laat zou worden getoond, pakte de doos met haar oude kleren en liep snel het gebouw binnen, zonder de glimlach op het gezicht van de chauffeur te negeren.

Ze bedankte hem voor de reis en hij wenste haar een fijne dag.

* * *

Ze bereikte zijn bureau, stopte haar tas en doos onder hem en ging zwijgend naar zijn kantoor om te wachten tot hij merkte dat hij klaar was met bellen.

Hij glimlachte vriendelijk en wees naar een plek voor zijn bureau.

Ze stapte zenuwachtig op haar hoge hakken terwijl ze het kantoor binnenliep.

Ze stond voor hem terwijl hij om haar bureau heen liep en haar zwijgend inspecteerde.

Zijn hand bewoog over haar dij en onder haar korte rokje om haar kont vast te pakken en te knijpen. Ze glimlachte terwijl ze op haar lip beet en haar adem inhield.

'Nou, mijn kleine slaaf, je beviel me met je gehoorzaamheid. Dit is een van de outfits die de slaaf van Alan gisteren voor je heeft uitgekozen, vind je het mooi?'

"Oh ja, meester. Heel erg bedankt."

Zijn handen omhelsden haar prachtige tieten en speelden met haar tepels door de doorschijnende stof, waardoor ze zo hard werden als pijlpunten.

"Doe je jas uit."

Hij keek naar haar expressieve ogen, die zijn greep verstevigde en de harde knoppen tussen haar vingers drukte terwijl ze haar jasje uittrok.

Haar adem stokte, haar ogen werden groot en een gekreun ontsnapte haar.

"Wat een lieve kleine slet, mijn chauffeur was zo onder de indruk."

Zijn ogen gingen over haar heen.

"Ik had gelijk, je zou kunnen worden beschouwd als een stout schoolmeisje in die outfit."

Hij deed een stap achteruit, leunde nonchalant op het bureau en zag haar blozen.

'Doe de slaaf uit, alles behalve schoenen en kousen. Er zijn nog andere dingen die je moet dragen voordat we onze dag beginnen.'

Toen hij bij haar terugkwam terwijl ze zich aan het uitkleden was, streelde hij zachtjes haar kont voordat hij erop sloeg en in haar oor leunde om te grommen:

"Meester geniet van de roze blos op je billen."

Hij kneep haar kont stevig vast tot ze kreunde, grijnsde en haar weer sloeg.

Hij pakte haar arm, leidde haar rond zijn bureau en zette haar naast hem neer terwijl hij ging zitten.

"Kniel neer, slaaf."

Ze knielde terwijl hij naar haar keek.

"Dit is de juiste plek voor een slaaf en je zult het vandaag goed leren. Als je bij mij komt, kniel je altijd."

"Ja"

Ze keek toe terwijl hij een la opendeed en verschillende gouden kettingen tevoorschijn haalde voordat hij zich weer naar haar omdraaide.

Hij sprak zacht maar streng.

'Er zijn dingen die je voor mij zult dragen die geen kleren zijn. Leg je handen achter je nek en bewaar ze daar.' Hij zag verwarring in haar gezicht komen toen ze haar handen achter zijn nek bewoog en haar vingers vouwde.

Hij controleerde haar positie kritisch en stak haar hand uit om haar ellebogen naar achteren te trekken, waardoor ze zich tegen hem aan boog en haar tieten naar voren duwde.

Hij streelde haar ruw en plaagde de tepels met nog meer kneepjes en sprak weer.

'Ik ga je nog niet vragen deze te doorboren, maar ik zou willen dat ze goed waren versierd.'

Hij koos een ketting en trok aan haar tepels door ze door kleine ringen aan elk uiteinde van de ketting te steken.

Ze waren sterk genoeg om de ketting op zijn plaats te houden zonder de huid te beschadigen.

Hij rukte aan de ketting en sloeg haar linker tiet, waardoor ze kreunde en haar ogen vochtig hield.

De kettingen werden strakker om haar tepels toen haar borst opzwol.

Nadat hij verschillende keren op haar tieten had getikt, greep hij de ketting, trok hem strak en rekte het vlees van haar tieten uit voordat de ketting losliet.

Ze kreunde, huiverde en de tranen liepen over haar wangen van de angel.

Zijn staart kromp ineen toen hij naar haar keek.

Ze herhaalde het proces, waarbij ze ruw in haar tepels kneep en kneep en haar borsten beukte terwijl ze vijf verschillende kettingen probeerde en aan elk van haar tepels trok met sterke rukken terwijl ze een andere ketting probeerde.

De ketting die ze uiteindelijk koos, was versierd met belletjes die aan de lussen hingen die bij elke klap in het gezicht rinkelden.

Nu had ze tranen in haar ogen van de pijn toen hij zijn houding weer corrigeerde.

Hij gebruikte zijn schoen om zijn knieën overeind te schoppen en gromde.

"Open je dijen kleine teef, ik wil je kutje zien stralen terwijl je geniet van de pijn die ik je geef."

De blos op haar gezicht kwam bijna overeen met de rode handafdrukken die haar tieten bedekten terwijl haar borst omhoog ging.

Ze voelde de kramp van haar kutje en het droop nog meer bij zijn woorden.

'Hoe kon hij daarvan genieten?'

Zijn borst klopte van hitte en pijn.

"Er moet iets mis met me zijn, dat was niet normaal. Er waren geen zachte strelingen of angstige blikken tussen hen. Alleen bevelen, gehoorzaamheid, pijn en plezier."

Haar gedachten vluchtten terug naar de kus van de vorige dag en haar lippen trilden samen met haar lichaam terwijl ze huiverde bij de herinnering aan de gevoelens die ze had gevoeld.

Hij drukte haar schoen tegen haar kut, wreef met zijn teen onder het leer van haar gezwollen clit en zag haar hijgen en haar lichaam trillen, waardoor de belletjes vrolijk over haar pijnlijke rode tieten rinkelden.

Ik kon de hitte in haar ogen zien terwijl haar heupen over zijn schoen rolden en erover wreven.

Hij bleef spelen met haar kutje, het harde leer wrijven over haar gezwollen clit en druipende gaatje.

Haar lichaam bleef plooien en haar heupen zwaaiden van plezier tegen zijn schoen.

Hij streek met zijn vingers door haar haar en draaide het terwijl hij haar hoofd naar achteren trok en voorover leunde om zijn lippen bijna tegen zijn hijgende mond te drukken en hard te fluisteren:

"Kom voor het plezier van je meester, kleine slet die van pijn geniet. Je bent van mij."

Hij zag haar boog strakker tegen zijn schoen, gespannen en huiverend voordat hij schreeuwde met zijn sperma over haar dijen en schoen.

'Ze was zo mooi op haar knieën voor hem.'

Hij keek haar in de ogen terwijl zijn pik pijnlijk hard werd en in zijn broek bleef steken.

Hij hield zijn hand in haar haar en liet zijn sterke greep los om haar te aaien terwijl ze kalmeerde.

Haar trillende benen kromden zich om haar kont op haar hielen te nestelen.

Toen ze herstelde van haar vlucht, zei hij tegen haar:

"Maak mijn schoen schoon. Slaaf"

Toen hij haar zag bewegen om haar hand stevig in zijn haar te steken, duwde hij haar hoofd naar beneden.

"Met je tong, kleine teef, proef hoe schattig je bent."

Hij keek haar na terwijl haar hoofd in aanbidding overeind werd gehouden en glimlachte.

Haar neus rimpelde van afkeer en haar gezicht bloosde toen ze de sappen van haar schoen likte.

Hij hield het aan zijn schoen totdat hij er zeker van was dat het klaar was.

Hij duwde haar voeten weg en hield een arm over haar heen terwijl ze op haar hoge hakken opstond en de bellen op haar tepels zoet rinkelden.

"Je hebt veel te doen vandaag, slaaf, dus je zag die geile reet teef die je hebt."

Hij onderbrak haar met een klap op de bodem, leunde achterover en keek toe terwijl hij haar blouse over haar nu versierde tieten knoopte.

De ketting waardoor haar tepels heerlijk kraken tegen de pure zijde, de bellen daaronder duidelijk zichtbaar.

Hij keek weer in de open la, stopte de ongebruikte kettingen in zijn zak en pakte een ander item voordat hij opstond en het inspecteerde toen hij klaar was.

Hij drukte haar geketende tepels tussen de zijde en trok ze naar zijn bureau voordat hij haar vingers losliet en haar ondersteboven keerde en weer op haar kont sloeg.

Ze kreunde en maakte haar ogen weer vochtig toen ze de constante pijn en hitte opmerkte die haar vanmorgen overspoelde.

Ze huiverde toen hij uitlegde dat hij vanmorgen iets anders zou gebruiken en dat hoe eerder ze de taken deed die hij haar had opgedragen, hoe eerder hij het van haar zou afnemen.

Ze keek nieuwsgierig toe terwijl hij een klein roze plastic voorwerp voor zijn gezicht droeg.

Deze had de vorm van een kleine wortel, maar angst verving haar nieuwsgierigheid toen hij uitlegde waar hij het zou gebruiken.

Ze krulde zich onder zijn hand op haar rug en drukte zijn benen tegen de hare.

Ik kon zijn harde pik in zijn broek voelen.

Beelden van hem zoals hij haar bezat, vulden haar geest toen zijn sterke greep verzwakte om haar zachter te strelen.

Zijn stem fluisterde zachtjes in haar oor om haar te kalmeren.

Toen hij de angst in haar ogen zag sijpelen, stopte hij bijna, maar ze had het vanmorgen zo goed gedaan met haar gehoorzaamheid aan wat ze maar wilde.

Ze moest weten dat het haar niet verboden was iets van haar te vragen, dus leunde ze tegen zijn oor en fluisterde:

"Jij, mijn slaaf, zal dit dragen omdat ik je meester ben en dat vind ik leuk."

Zijn hand legde het speeltje op het bureau terwijl hij de zachte huid van haar billen streelde.

'Slaafje, je wilt je meester een plezier doen, nietwaar?'

Hij sprak en aaide haar als een afschuwelijk huisdier.

Fluistert zijn behoefte om elk deel van haar te bezitten, haar te domineren en haar volledig te bezitten.

Hij bewoog zijn hand, streelde het roze vlees van haar kont en streek met een vinger tussen haar billen over haar natte kleine poesje. Hij provoceerde haar door zachtjes over haar billen te strelen en haar sappen weer uit te smeren, maar nu over het donkere, kromgetrokken gaatje op haar kont.

Ze hief het speeltje voor haar gezicht en fluisterde:

'Dat gebruik je, slaaf, voor mij, je meester.'

Ze rolde het speeltje over haar natte poesje, bedekte het met zijn sperma en drukte het tegen haar kont.

Hij zag haar gespannen en gebald, hief zijn hand van haar rug en gaf haar een lichte tik op haar rug.

"Ontspan, kleine slaaf, vertrouw je meester."

Hij duwde harder op de kleine plug en zag hoe haar anale ring langzaam om hem heen rekte.

Ze voelde golven van tegenstrijdige gevoelens in haar opkomen.

Overgeleverd aan hem beet ze op haar lip en wist hoe warm het voor hem was.

Zijn doordringende vingers verwarmden haar gevoelige poesje weer toen ze zijn andere hand op haar kont voelde spelen.

Ze huiverde toen ze zijn gefluister hoorde en zijn harde pik op haar heup voelde.

Terwijl hij het speeltje pakte en meer met haar kutje en kont speelde totdat ze het niet meer aan kon, kreunde ze weer en bewoog haar heupen.

Ze voelde hoe hij de plug weer in haar kont schoof en tegen haar aan drukte.

Ze spande zich en hij sloeg haar.

Hij sloot zijn ogen en haalde diep adem en miauwde bij het vreemde gevoel dat hij zijn kont had geneukt.

Het voelde zo groot in haar, maar ze wist dat het niet zo was.

Zijn gedachten slingerden tussen de warmte van haar natte poesje en het niet-zo-pijnlijke maar opwindende gevoel op haar kont terwijl haar anale ring zich om de plug sloot om hem op zijn plaats te houden.

Hij gromde toen hij de plug in het meisje zag verdwijnen dat tegen hem jammerde.

Verlangend om haar gezicht te zien terwijl ze de plug droeg, tilde hij haar op zodat de rok haar rug bedekte.

Toen ze hem met natte ogen aankeek en haar blos op haar wangen scheen.

Hij sloeg haar kont en reikte naar de plug met haar vingers om mee te spelen terwijl hij keek naar de emoties die haar gezicht bedekten.

Hij glimlachte naar haar zachte gezicht terwijl hij voorover boog om haar trillende lippen te kussen.

'Je hebt me vanmorgen heel gelukkig gemaakt, mijn slaaf. Maar ik waarschuw je dat dit een behoorlijk lange dag voor je gaat worden. Dus als je plannen hebt voor vanavond, moet je afzeggen. Verzin een excuus.' Hij glimlachte naar haar.

'En je kunt je ouders vertellen dat je met mij naar een zakenpartnerdiner gaat omdat ik je buitengewone en unieke vaardigheden nodig heb.'

Ze hoorde hem op zijn lip bijten en blozen terwijl hij speelde met de plug op haar kont en het op elkaar klemmen van haar kutje bij zijn woorden.

"Hij vond het leuk!"

Ze was verbaasd over hoe ze zich voelt als zijn kus haar in verrukking brengt.

Ze deed een stap naar voren om zijn pik te borstelen en realiseerde zich hoe graag ze hem in haar wilde voelen in plaats van het speelgoed dat hij haar elke dag liet gebruiken.

Het besef hiervan deed haar wangen nog meer prikken en haar gedachten bootsten zijn bevelende toon na:

'Jij, kleine Susy, bent zijn hoer geworden.'

Ondanks de teleurstellingen van gisteren kon ze het niet helpen hem te behagen.

De schaamte en vernedering voor hoe hij het leuk vond, overviel haar even.

Hij legde haar hoofd op haar kin en keek haar in de ogen, zag haar tegenstrijdige emoties, glimlachte en kuste haar diep.

Het smolt weer.

***

Ze zat ongemakkelijk aan haar bureau en belde haar ouders om hen te vertellen dat ze naar een werklunch ging, een vriendin van wie ze dacht dat ze na het werk een kop koffie zou komen drinken, en de vriend die ze was al langs geweest voor het weekend.

Dus de telefoontjes werden snel beëindigd en ze stuurde haar Meester een instant bericht om hem te informeren.

Hij riep haar terug naar zijn kantoor en ze liep de kamer binnen, deed de deur achter zich dicht en ging naar zijn bureau voordat ze knielde om voor hem te gaan staan.

Hij inspecteerde het en paste zijn positie aan voordat hij verderging.

Ze luisterde aandachtig terwijl hij de slaven de knielende houding uitlegde: knieën open, handen op de rug, hoofd iets naar hem toe gekanteld, lippen uit elkaar.

Ze legde de zithouding van de slaven uit, die erg leek op knielen, waarmee ze haar knieën kon laten rusten door met haar kont op haar hielen te zitten.

Als je wordt gevraagd om jezelf te laten zien wanneer je op je knieën of staat, kruiste je je handen achter je nek en trok je je ellebogen en schouders naar achteren zoals voorheen.

Hij vroeg haar om dit te oefenen en met een opdracht van één woord te knielen, te zitten of te laten zien terwijl ze hem vertelde over de opdrachten voor de rest van de dagen.

Er zou een late lunch zijn met een paar vrienden van zijn club in zijn vergaderruimte op kantoor.

U hoeft vandaag niet te koken of te dienen, maar op andere momenten zou het tot uw taken behoren.

Hij waarschuwde haar streng dat ze niet moest aarzelen om vandaag zijn bevelen op te volgen, of dat de straffen veel verder zouden gaan dan wat ze gisteren had meegemaakt.

Ze huiverde en fluisterde:

"Ja meester".

'Je zult me vertrouwen, kleine Susy, dat jij van al mijn bezittingen het meest waardevol bent.'

Hij keek haar in de ogen en zag dat haar ogen groot werden van verwarring.

"Ja slaaf, je bent mijn eigendom. Je bent een kostbare schat en je bent van mij."

Zijn brein schreeuwde naar hem:

"Ik accepteerde voor een week, het was een spel!"

Zijn geest draaide zich om: 'Hij herinnerde zich niet eens dat hij zijn goedkeuring voor de week had uitgesproken. Hoe had hij ermee ingestemd? Hij praatte alsof hij haar voor altijd als zijn slaaf wilde houden!'

Zijn gezicht toonde zijn groeiende gevoel van angst voordat zijn mond op de hare viel in een diepe hartstochtelijke kus.

Ze voelde zijn verlangen, zijn behoefte aan haar, zijn liefde in deze kus en ze smolt in haar gedachten, stopte met ondervragen en herinnerde zich dat hij had beloofd dat ze aan het eind van de week zouden spreken.

Hij brak hun kus, ging op haar knieën zitten waar ze buiten adem was en wendde zich tot haar bureau.

Hij legde verschillende dossiers op de rand van haar bureau, zodat ze ze persoonlijk aan een aantal leidinggevenden kon uitdelen, in de volgorde waarin ze ze had gerangschikt, plus een lijst met verschillende taken voor het hele bedrijf, inclusief controle. Maak eten klaar voor je lunch.

Ze nam alles op wat hij haar uitlegde en zei zachtjes:

"Yes Master" toen het klaar leek, maar bleef waar het was totdat hij hem anders vertelde.

Hij keek op zijn horloge en stelde voor:

'Je kunt maar beter opschieten, slaafje, de training duurde langer dan gepland en je moet nog veel doen voordat mijn gasten arriveren.'

Hij keerde abrupt terug naar zijn werk en ze knielde even verbaasd voordat ze opstond, de dossiers en de lijst pakte en terugging naar haar bureau om de taken te sorteren en hoe ze het beste kon worden aangepakt.

Ze stuurde hem een instant bericht om hem te informeren over haar vertrek uit haar kantoor.

'Schiet op, slaaf. Je hebt twee uur. Blijf niet hangen, want als je te laat bent, zal ik je elke tien minuten straffen.'

Ze liet het antwoord op haar scherm zien en haastte zich weg.

Ze ontdekte dat haar nieuwe, bovengemiddelde hakken haar heupen meer deden zwaaien, en de geplooide rok rolde en stuiterde bij elke stap.

Hij hield de dossiers tegen zijn borst om te voorkomen dat de klokken luidden.

Hij vloog bijna naar de keuken en andere klusjes voordat hij de dossiers overhandigde om zichzelf zo lang mogelijk te beschermen.

Ze glimlachte en sprak weinig terwijl ze de keukens en andere kleine, gemakkelijk te doen klusjes controleerde. Ze was zich nog steeds zeer bewust van de ketting en plug die ze op hem gebruikte, en was bang dat de warmte die ze constant tussen haar benen voelde voor iedereen duidelijk zou worden. Persoon, van iedereen die het heeft gezien.

Hij keek tevreden naar de klok toen het duurde en begon uiteindelijk bestanden en notities persoonlijk aan leidinggevenden te overhandigen.

Ze wist hoe kort haar rok was en hoe dun het topje over haar geketende tieten zonder beha was, en ze bloosde boos als de ogen van de ontvangers over haar heen gingen of te lang op haar bleven hangen.

Ze probeerde de dossiers op haar borst te houden, maar meestal vroegen ze haar om ze op tafel te leggen en te wachten terwijl ze controleerden wat ze had meegebracht.

* * *

Hoewel hij steeds op de klok had gekeken, realiseerde hij zich dat hij tegen de tijd dat hij zijn laatste opdracht in het kantoor van Alan Clarkson kreeg, te laat terug zou zijn aan zijn bureau.

Toen Susan Anne aan haar bureau zag glimlachen, bloosde ze en kwam dichterbij.

'Bedankt voor de leuke outfit, Anne. Het past perfect bij mij.' Fluisterde Susan bijna.

Anne giechelde blij.

'Ik zie hoe goed het bij je past! Oh, lieverd, ik vind het fantastisch, ook al had ik me al voorgesteld dat het heel goed bij je zou passen. Laat me meester zeggen dat je hier bent, dat hij jou is.' ook willen zien! "

'Ik heb een dossier voor hem.'

Riep ze geschokt uit toen ze besefte dat Anne ook een slaaf was.

Susan keek haar kritischer aan en zag hoe ze gekleed was.

"Geweldig. Dus we kunnen twee dingen doen met één bezoek," knipoogde hij en lachte opnieuw terwijl hij een instant bericht op het scherm typte en op antwoord wachtte.

Ze lachte om zijn antwoord en legde uit dat hij de analogie van de twee doelen mooi vond.

Hij stapte achter zijn bureau vandaan en pakte Susan bij de arm terwijl hij haar naar het kantoor van Alan Clarkson leidde.

Alan kwam achter zijn bureau vandaan.

'Geef me het dossier en laat me je zien, Susan, lieverd.'

Hij keek haar aan als een hongerige wolf die naar de map reikte.

Hij bloosde diep en gaf haar het dossier.

Hij maakte een "hmm" -geluid en liep om haar heen.

'Laat jezelf zien, kleine Susan.'

Haar ogen werden groot en ze keek hem in zijn gezicht voor een grapje, maar zag er geen, dus verbreedde ze haar houding en hief haar handen tot de achterkant van zijn nek achter zijn nek.

"Ooh klokken, wat leuk. Ik wist dat hij 'klokken voor zijn Susan' wilde."

Hij lachte hardop en sloeg Anne op haar kont en zei:

'Ik heb het je niet verteld!'

Omdat ze niet wist wat ze moest doen en niet ongehoorzaam wilde lijken, voordat die Meester terugkeerde om haar plaats in te nemen, verstijfde ze terwijl hij naar haar keek.

"Spring Susan, ik wil de klokken horen."

Ze sprong en hij wuifde met zijn hand naar hem zodat ze verder kon.

Ze probeerde het, maar haar sprongen waren klein toen ze op haar hoge hakken schommelde en kromp ineen toen haar rok omhoog en omlaag ging en haar naaktheid eronder liet zien.

Het viel er bijna een moment af voordat hij zijn hand uitstak. en pakte haar arm om haar te ondersteunen.

'Dank u, meneer Clarkson.' Ze hapte naar adem.

'Weet je Susan, je hebt de meest kleurrijke, speelse borsten die ik in lange tijd heb gezien. Je zou moeten overwegen om je tepels te prikken. Je borsten zouden er voor je Meester nog lekkerder en onweerstaanbaarder uitzien.' Zei Alan heel serieus terwijl hij het bestudeerde.

Ze werd bleek toen hij sprak.

Hij moet de blik in haar ogen hebben gezien toen hij zich snel naar Anne wendde.

'Doe je overhemd uit zodat Susan het jouwe kan zien.'

Hij wendde zich tot Susan.

"Ze heeft het gedaan kort nadat ze bij het bedrijf kwam."

Susan keek naar de blonde vrouw die Alan niet kon aankijken toen ze nog roder werd.

Anne droeg een beha die haar grote borsten niet bedekte, maar die als een plank ondersteunde.

Haar borsten waren versierd met brede en lange gouden oorbellen die aan haar tepels hingen.

Susan verstijfde totdat Alan zijn vinger in de linkerring haakte en hem optilde, waardoor haar borstkas zich in een kegelvorm dwong, waardoor Anne keelachtig kreunde.

Alan likte zijn lippen en glimlachte.

'Ze is gewoon prachtig, is ze niet Susan?'

'Ja, meneer Clarkson.'

"Onweerstaanbaar zoals ik al zei, maar we moeten allemaal werken voordat we kunnen spelen." Hij glimlachte aanstekelijk naar haar en knipoogde naar haar: 'Je kunt maar beter naar je bureau rennen, Susan, je meester zal op je wachten, dat weet ik zeker. Laat hem weten dat ik vandaag voor de lunch naar het dossier zal kijken. zie je daar. "

Hij giechelde en stuurde haar terug, terwijl hij nog steeds een jammerende Anne vasthield voor de gouden ring.

'Ja, meneer Clarkson,' zei Susan, die zich omdraaide en bijna het kantoor uit rende. Ze sloot stilletjes de deur achter zich.

Hij haalde diep adem om te kalmeren en haastte zich terug naar het kantoor van zijn meester.

Ze wilde niet stoppen of met iemand praten op weg terug naar haar bureau. Ze liep met gebogen hoofd, haar blos verborgen, en leunde voorover om haar borrelende tieten te verbergen.

Hij kwam met een recordsnelheid naar zijn bureau en stuurde hem een instant bericht om hem te laten weten dat hij terug was.

DE KAMER VAN STRAF

Hij belde haar meteen.

Hij dook zijn kantoor binnen en viel net buiten de deur op zijn knieën.

Hij stond op en liep naar haar toe bij de ingang van de kamer. Hij blafte:

'Volg mij. Je bent laat.'

Hij sprong op en rende hem achterna, een aangrenzende kamer in, een paar passen achter hem.

Deze kamer had een vreemde versiering.

Hij draaide om.

"Doe je kleren uit, maar trek je kousen aan."

Ze gehoorzaamde snel de oproep van zijn bevelen, gehoorzaamde hem zonder na te denken, bleef naakt en huiverde toen de bellen aan haar tieten gingen.

Haar aandacht was op hem gericht toen ze zag dat hij een la opendeed en een wit korset tevoorschijn haalde.

Hij ging achter haar staan, sloeg het korset om haar heen en begon het strak om haar middel te binden.

De cup-revers volgde de ronding van haar speelse tieten en eindigde net onder haar tepels.

Kleine, harde, geketende roze knoppen staken over de gouden ketting en bellen uit en voegden hun gezang aan haar gekreun toe.

Ondertussen keek ze nog steeds zonder de muur te zien, en concentreerde zich toen op haar handen. Ze waardeerde het gevoel van het korset waarmee hij haar vastbond.

Hij sloeg zijn kont toen hij klaar was.

Ze gilde meer van verbazing dan van pijn toen hij haar oppakte als een pop, haar heen en weer gooide en tegen een gewatteerde balk drukte die deel uitmaakte van het vreemde meubilair in deze kamer.

Ze was lang en bungelde aan haar benen en schopte tegen de balk om haar evenwicht te herwinnen terwijl ze haar kont weer opendeed.

Hij ging weg en vroeg haar een beetje.

'Waarom heb je er zo lang over gedaan, kleine slaaf? Heb je tijd verspild aan alle leidinggevenden om te zien wat een geweldige hoer je bent met je nieuwe kleren en accessoires?'

Ze kreunde en werd nog roder.

Haar gezicht werd scharlakenrood toen de hand op haar kont werd gedrukt.

Ze voelde hem bewegen en tegen haar aan strijken terwijl zijn vingers haar billen spreidden en ze voelden.

Ze keek hem over haar schouder aan terwijl hij naar haar kont keek en nog meer bloosde, haar vernedering omdat ze hem mishaagde en de kwetsbare positie waarin hij haar vooroverbukte voor zijn woorden.

Haar ademhaling was moeilijk vanwege het strakke korset, dus begon ze te hijgen en te kreunen.

Zijn handen scheidden haar billen en hij keek naar het koppige speeltje terwijl ze beefde en haar kont erin kneep.

Hij streek met zijn handen over haar gladde huid en gaf zich over aan het feit dat zij de zijne was om te domineren en te genieten zoals hij wilde.

Hij keek naar haar glinsterende natte poesje terwijl zijn vingers speelden met de plug die hij gromde:

'Ik kan zien dat je het leuk vond om dit voor mij te gebruiken, kleine trut.'

Hij sprak met een scherpe stem terwijl hij de plug iets strakker maakte, zodat haar anus zich langzaam voor zijn ogen uitstrekte.

Ze kreunde bijna buiten adem.

"Ja meester".

Hij glimlachte en genoot van het zien en klinken van dat perfecte lijfje.

Zijn jammerende muziek klonk in zijn oren terwijl hij de plug verwijderde, terwijl hij langzaam de ring van haar anus zag opengaan en langzaam samentrekken als een strakke donkere ster.

Hij plaagde haar weer met zijn vinger:

'Elk deel van jou is van mij, kleine slaaf! Het is je meester nergens verboden.'

Zijn vinger stak in haar en hoorde haar schreeuwen als reactie op hem.

Hij voelde haar honger naar hem nauwelijks onder controle te krijgen, dus trok hij zijn hand weg en liep weg van haar gegrom:

'Je begrijpt toch dat ik je moet straffen omdat je te laat bent?'

"Ja."

Ze voelde de steek op haar kont, niet zo erg als gisteren, maar genoeg om naar lucht te happen en haar evenwicht op de balk te verliezen, terwijl ze wiegde en wiegde.

Hij kon de wereld voelen, een tintelend gevoel verbrandde zijn vlees en hij begon excuses en excuses te verzinnen.

Hij legde haar het zwijgen op met nog een stekende zweep.

Ga verder terwijl zijn vingers langs de twee pijpen gingen.

'Je moet je tijd hebben verspild sinds je vijfenveertig minuten te laat was.'

De zweep raakte haar weer twee keer achter elkaar en ze gilde en trilde aan de balk.

"En voor de extra vijf minuten ..."

De zweep kwam hard op haar dijen terecht.

Ze kreunde van tranen die haar gezicht vertroebelden terwijl stekende striemen brandende pijn over haar lichaam uitstraalden.

Hij kon haar kutje zien glinsteren van het vocht, dus bewoog hij de zweep tussen haar benen en wreef met de platte leren punt over haar clitoris.

Ze hapte naar adem en huiverde.

Hij bleef met haar spelen en drukte een vinger in haar kont terwijl ze huiverde en kreunde terwijl haar heupen tegen haar gezwollen klit drukten tussen zijn hand en de zweep.

Hij begon zijn sterkste vinger in haar te pompen, voegde een tweede vinger toe toen ze zich verzette en miauwde van angst.

Het explodeerde en viel bijna van de balk, maar zijn hand groef in haar kont.

"Wat een stoute trut ben jij? Hoe hou je van pijn?"

Hij trok zijn vingers van haar weg toen hij haar lichaam met stuiptrekkingen zag trillen.

'Je moet wachten tot je meester je vertelt wanneer je kunt komen, slaaf.'

De zweep doorboorde opnieuw haar vlees en ze schreeuwde.

'Begrijp je me, slaaf?'

"Ja."

Ze huilde toen de zweep weer een zeer brandende pijn over haar dij veroorzaakte.

Ze voelde meer toen ze het kleine elastische strookje stof zag dat hij haar benen optrok en om haar heupen sloeg voordat hij haar van de balk trok en haar op wiebelige benen optilde.

Ze keek naar beneden, de strook stof breed genoeg om haar geslachtsdelen te bedekken, en eerst dacht ze dat het misschien als een riem was.

'Toon slaaf,' zei hij terwijl hij zijn handen om zijn middel legde en de houding van zijn dijen en kont bij elke beweging breder en aanpaste.

Ze besefte nu dat het een soort steen was.

Ze ging naar een kast, haalde een paar witte hoge hakken tevoorschijn en legde die aan haar voeten zodat ze ze kon aantrekken.

Hij liep om haar heen en streek met zijn vingers over de rood omlijnde lijnen die onder haar felgekleurde rok te zien waren.

'Je hebt jezelf nog nooit zo gezien, Susy.'

Hij leunde voorover en kuste de tranen onder haar nog steeds waterige ogen en sprak zachtjes.

"Mmm, mijn kleine sletje, ik zie je angst graag, maar we verwachten gasten, dus ga naar de privébadkamer bij de tweede deur aan de rechterkant. Daar vind je je gebruikelijke make-up merken. Herstel je gezicht en." Haar haar."

Hij gaf haar een met goud bedekt lint.

'Doe die tape op. Geen parfum. En ga terug naar mijn bureau.'

Hij ging de badkamer in en ging voor de passpiegel staan.

"Wie is zij?" gedachte. 'Wat is er gebeurd met het' brave meisje 'dat ze haar hele leven was geweest? Hoe werd ze de hoer die ze in de spiegel zag?'

Ze bewoog en kronkelde toen ze merkte dat de rok haar kutje of kont helemaal niet bedekte, maar benadrukte haar striemen en haar constante opwinding.

Het is een spel, dacht hij, in zijn hoofd wetende dat het veel verder ging dan een spel en dat hij maar tot het einde van de week kon wachten.

'Wat zou er dan aan het eind van de week gebeuren?'

Zijn stille vragen stopten terwijl hij over de vraag nadacht.

'Adem,' zei ze tegen zichzelf, 'adem gewoon en gehoorzaam.'

Ze maakte zich los van haar constante vragen en deed haar make-up weer op haar gezicht.

Ze bond haar golvende haar in een strakke paardenstaart en liep terug naar de passpiegel.

"Adem, gewoon ademen en gehoorzamen." Het herhaalde zich.

Ze wierp nog een laatste blik en haalde langzaam adem. Ze keerde terug naar hem, ging naar zijn bureau en knielde voor hem neer zoals hem was geleerd.

Hij keek toe terwijl ze liep met de ronde wangen van haar kont die heerlijk zichtbaar waren. De striemen werden rood en boos terwijl ze voorzichtig op haar hielen liep, haar heupen zwaaiend als een hoer die klaar is voor plezier.

'Het is van mij,' zei hij bij zichzelf, bijna ongelovig.

Zijn training was deze week zo goed gevorderd; beter dan hij had gehoopt.

Elk obstakel dat hij tegenkwam, leek relatief gemakkelijk te overwinnen.

Voortdurend bang dat hij te snel zou gaan als ze gisteren bijna wegliep en vanmorgen angst in haar ogen zag, maar uiteindelijk gehoorzaamde ze altijd.

Haar onderwerping was bijna in haar opgevoed door de combinatie van haar dominante vader en genadige moeder.

Hij had haar zo lang gewild.

De ontdekking van zijn plezier in erotische pijn wekte alleen maar zijn verlangen om haar te domineren.

Hij wilde haar aan het eind van de week niet laten gaan, ook al wist hij dat hij haar kon chanteren of dwingen om slaaf te blijven, hij wist dat een dergelijke relatie nooit aan zijn wensen zou voldoen.

Hij had een band van vertrouwen en wederzijdse liefde nodig om zijn dominantie te willen, zoals hij haar totale onderwerping wilde hebben.

Hij staarde haar lange tijd aan terwijl ze voor hem neerknielde.

Hij had hard gewerkt om op dit punt in zijn leven te komen.

Hij had zijn eigen bedrijf en club die zijn donkerste verlangens voedden om alles in zijn leven te regeren en te controleren.

Hij had een vrouw, een gezin en een huis waar velen jaloers op waren, maar dat was allemaal niet genoeg.

Hij kon elke slaaf in het bedrijf of in de club hebben, en hij had er af en toe veel van gedragen.

Maar hij was op zoek naar iemand die hij tegelijk kon bezitten en liefhebben, iets wat hij altijd had gemist.

Hij keek in haar felgroene ogen.

Susan was anders, haar wens was dat ze veel meer was dan een lichaam dat ze naar believen kon gebruiken en misbruiken.

Ik wilde het kleine meisje bezitten, beheersen en verzorgen, elk deel van haar leven regeren en haar laten zien hoe diep de liefde van een slaaf en een meester kan zijn.

Hoe anders dan man en vrouw of minnaar, maar het was veel dieper en vertrouwder.

Hij pakte een wit fluwelen lint van haar bureau en leunde voorover om haar diep te kussen.

Toen hij de tape om zijn nek deed.

Ze schrok toen ze de clip haar als een strakke choker hoorde sluiten.

Zijn handen bleven haar strelen terwijl de kus aanhield.

Hij streelde haar schouders en bewoog zich over haar borst om de harde kleine knopjes te knijpen die ze schudde om het geluid van bellen en hun gekreun in zijn kus te horen.

Hij brak de kus, stond op en trok haar tepels dichter naar zich toe.

"Onze gasten zullen spoedig komen, kom mijn kleine slaaf."

Hij leidde haar de vergaderruimte binnen en duwde haar voor zich uit, hij zei gewoon:

"Ga daar naartoe."

Hij keek naar haar terwijl ze op haar lip beet en keek naar het aantal stoelen.

Ze liep naar het hoofd van de ovale tafel en knielde naast zijn stoel op de grond.

'Heel goed, mijn kleine slaaf, wat heb je vandaag goed geleerd?'

ONTMOETING MET DE MEESTERS

Het keukenpersoneel was met de maaltijd aangekomen en was in de kleine keuken bezig met het voorbereiden van de laatste details van het feest.

Ondertussen nam zijn Meester een grote stoel en gaf aan dat hij naast hem zat, een plaats op de grond aanwijzend.

Ze huiverde toen ze zijn plaats innam en luisterde terwijl hij zachtjes tegen haar sprak:

'De mannen die vandaag komen, zijn enkele van mijn oudste vrienden. Ze zijn ook meesters en zullen hun slaven meebrengen.'

Hij keek naar haar terwijl ze zijn woorden opnam en vervolgde:

'Je zult ze gehoorzamen zoals je mij zou gehoorzamen. Maar ik zal je er geen pijn van doen, kleine Susy.'

Ze beet op haar lip, de striemen sierden haar billen en haar benen klopten nog steeds van het bewijs van wat er zou gebeuren als ze hem in de steek zou laten.

Ze keek op toen hij zweeg en keek hem in de ogen, fluisterde:

"Als ik liefheb".

Hij stond op het punt wat meer te vragen over zijn gasten toen een man het kantoor binnenliep met een meisje aan de lijn.

Hij glimlachte hartelijk, stak zijn hand uit, greep Roberts beet en schudde hem hard.

'Zijn wij de eersten die aankomen?'

'Eigenlijk Steve, dat klopt. Leuk je te zien.' Hij keek naar beneden en vroeg: "Hoe gaat het vandaag, Shaky?"

Susan was verrast toen het meisje reageerde met een "hiip", zoals het geluid van een kleine hond, en kronkelde terwijl hij haar op haar hoofd klopte.

Susan bekeek haar van dichtbij toen ze merkte dat ze een roodleren ketting droeg met het woord "bitch" in diamanten op de voorkant.

Susan bewonderde de kanten jurk die de slaaf droeg toen ze haar naam hoorde en keek blozend op toen de andere meester haar begroette.

'Aangenaam kennis te maken, meneer,' kwam ze met een piepende stem naar buiten terwijl ze nog meer bloosde, zich realiserend hoe bloot ze zich voelde.

Haar aandacht ging weer naar de deur toen ze de luide lach hoorde van Alan Clarkson die binnenkwam met een man die identiek was aan de man die haar zojuist had begroet.

Susan keek van de een naar de ander en draaide haar hoofd terwijl ze naar de twee tweelingmeesters keek.

Het duurde even voordat ze besefte dat er nog steeds een slank meisje zwijgend achter het paar lachende amo's zat.

Degene die met Alan was binnengekomen was meester John, Steve's tweelingbroer, gevolgd door een slank meisje, zijn slaaf, Samantha.

Ze zat natuurlijk ook achter Anne, die glimlachte en naar haar knipoogde.

De laatste twee leden van de groep arriveerden binnen enkele minuten met hun meisjes.

Susan bleef zwijgend zitten en probeerde geen aandacht te trekken terwijl de mannen elkaar en de meisjes begroetten.

Ze boog haar hoofd en glimlachte toen ze werd begroet zonder de hoge stem te vertrouwen die de eerste Meester begroette.

Daarom zweeg hij in zijn nervositeit.

Ze trokken allemaal naar de vergaderruimte, die het getalenteerde keukenpersoneel had gevonden als een oude eetkamer.

Susan bekeek de laatste gasten.

Master Barry was een lange man die nonchalanter gekleed was dan de andere Masters, omdat hij een spijkerbroek droeg en een jasje dat er vreemd uitzag in tegenstelling tot de fijn vervaardigde pakken van de andere Masters.

Hij werd gevolgd door Cinthia, een lange blondine met een atletisch postuur, wiens spieren bij elke beweging leken te trillen.

Het laatste stel was meester James, een oudere man met helderblauwe ogen, gevolgd door Amy, een mollig meisje met een klein mondje waardoor ze eruitzag als een cupido-engel.

Alle meisjes zaten naast de stoelen van hun respectievelijke meesters, net als zij toen de obers de eerste gang met wijn en eten binnenkwamen.

De hand van haar meester voerde haar kleine hapjes van zijn bord en ze genoot van de smaak van het rijke eten.

Ze keek naar de andere meisjes terwijl de meesters over zaken en wederzijdse vrienden spraken.

Anne leunde met haar armen om het been van haar Meester, Shaky leek overeind te kruipen, Amy had haar hoofd op het dijbeen van haar Meester gelegd en Cinthia leek haar paardenstaart te schudden met kleine bewegingen van haar hoofd.

Anne ving zijn blik op en knipoogde naar hem.

'We hebben hier een servicebel nodig, Robert, waar zijn deze obers?' Klaagde meester James.

'Misschien kunnen we Susan in plaats daarvan door elkaar schudden,' lachte Alan.

De ogen van de oudere meesters lichtten op bij het uitzicht en fronsten toen.

'Een meisje zo klein dat ik betwijfel of ze genoeg lawaai kan maken.'

Robert lachte goedmoedig.

Stop je ooit met klagen James? "

'Ik zou het kunnen doen als je je kleine meid schudt.'

Susan keek toe terwijl haar Meester haar hand uitstak en de ketting tussen haar tepels trok, eraan schudde en zachtjes de bellen rinkelde.

"Ik denk dat je gelijk had James, het maakt niet veel herrie."

Nadat hij dit had gezegd, sloeg zijn hand bliksemsnel tegen haar rechterborst, waardoor ze eerder verbaasd dan pijn gilde.

"Was dat beter?"

'Dat was niet meer dan een gekrijs.'

James glimlachte en zijn blauwe ogen straalden naar haar.

Alsof in reactie op het zogenaamde piepen, verschenen de obers, verwijderden de borden en verving ze door meer luxueus eten.

De meesters gingen weer aan het werk toen Susan weer meisjes ging studeren.

Ze vroeg zich af of ze slaven wilden worden of dat ze, net als zij, in deze situatie werden betrapt.

Maar zat ze vast?

In het begin misschien, maar nu wist ze het niet helemaal zeker.

Misschien begon hij het meer dan wat dan ook leuk te vinden.

Hij keek weer de groep rond en schudde zijn hoofd.

Dat leek nauwelijks echt.

De normaliteit van zitten en met de hand kleine hapjes nemen van het bord van je meester alsof het elke dag gebeurt.

Misschien was ze zo betrokken bij dit spel dat ze haar slavernij niet langer als slecht beschouwde?

Zijn gedachten gingen door zijn hoofd terwijl hij gehoorzaam zijn mond opende en sloot voor nog een hap.

Hij vroeg zich af of de genegenheden van het meisje deel uitmaakten van zijn eigen persoonlijkheid of dat ze gevormd waren volgens de wil van hun meesters.

En ze vroeg zich ook af hoe deze meisjes naar haar moesten hebben gekeken met hun constante blos en naïviteit.

Kun je zeggen dat ze geen echte slaaf was?

In gedachten verzonken had ze niet naar de gesprekken van de Lords geluisterd en was verrast toen de andere Lords opstonden en de kamer verlieten en de meisjes alleen lieten.

Ze keek nieuwsgierig naar haar Meester toen hij ook opstond.

Hij bukte zich en streelde zachtjes haar haar.

'Ik ben zo terug, jongen.'

Ze knikte lichtjes en keek ze na.

Zodra de deur dichtging, stond de mollige Amy op en speurde de tafel af voordat ze in de lege stoel van haar Meester schoof en haar bijna volle wijnglas naar haar kleine lippen tilde.

Samantha rolde met haar ogen.

"Je bent een snotaap Amy, je kunt je daar maar beter niet door laten vangen."

'Neem een pauze, Samantha, je bent niet het oudste meisje hier.' Wankel viel in: "Amy is altijd een snotaap die niet verandert en we moeten plezier hebben met het nieuwe meisje." Ze glimlachte kieskeurig in Susans richting. 'Je moet ons vertellen, lieftallige Susan, hoe je de ongrijpbare meester Robert hebt gevangengenomen.'

Ze was dichter naar haar toe gekropen en lag op haar buik met haar handen op haar kin terwijl ze op antwoord wachtte.

Hoe kon ze deze meisjes vertellen dat ze gepakt was?

Dat ze niets van slavernij af wist en dat dit als een spel voor haar was begonnen.

Susans gedachten schoten in een stroomversnelling en ze bloosde diep terwijl de meisjes haar aanstaarden, wachtend op een antwoord.

Samantha heeft haar gered:

'Ik denk niet dat Susan hier een idee van had, lieverd.'

Susan schudde haar hoofd en sloeg haar ogen neer.

En Samantha bleef samenzweerderig tegen de anderen fluisteren:

'Ik was deze week nog nooit een slaaf geweest.' Hij wendde zich tot Susan en glimlachte geruststellend naar haar. 'Maak je geen zorgen, lieverd, deze meiden zullen echt geen plezier met je hebben. Dat laten we aan de meesters over.' Ze lachte.

"Echt niet! Is dat waar?" Wankel keek Susan met gretige nieuwsgierigheid aan.

Amy kwam ook dichterbij: 'Nou, nou, een lief, onschuldig meisje dat zou hebben gedacht dat dit was waar meester Robert naar zocht, verrast om haar smaak te kennen.'

Susan probeerde haar eigen verrassing te vermijden toen ze over haar praatten, maar ze voelde de hitte van de blos haar wangen vullen.

Amy vervolgde: 'Je meester heeft nog nooit een slaaf als zijn eigen slaaf genomen. Denk je dat hij je zal houden?'

Susan keek met grote ogen op en schreeuwde:

"Mij houden?" Zij schudde haar hoofd. "Ik dacht dat het een leuk spel zou worden, maar nu is alles wazig in mijn hoofd. Het lijkt de normaalste zaak van de wereld met jullie allemaal hier, maar ik weet niet echt wat ik meestal doe."

"Oh hou je bek schat, alles is in orde." Samantha zei met een knipoog: "Ik heb je de hele week in de gaten gehouden en je ziet er elke dag fantastischer uit."

Wankel glimlachte. "Je bent echt een nieuweling, nee! Nou, als hij je al onze meesters laat ontmoeten, is hij van plan je een tijdje in de buurt te houden." Wankel likte Susans wang en maakte haar aan het lachen. 'En het zou leuk zijn om een nieuwe speelkameraad te hebben, of heb je liever Samantha?'

Amy keek van de tafel naar beneden en tuitte haar lippen:

'Er zijn veel slaven in de club die lijden aan het dragen van de ketting van meester Robert. Als hij ervoor kiest om bij jou te blijven, zouden we het gierende geschreeuw van iedereen moeten kunnen horen.' Ze lachte, klapte in haar handen en nam nog een slokje van de wijn van haar Meester. 'Ik zou graag een paar van hun gezichten willen zien als je erachter komt.'

'Ik denk dat de meisjes bedoelen dat het lijkt alsof meester Robert van plan is je bij hem te houden.' Anne stopte toen ze de angst in Susans ogen zag. 'Je bent graag zijn slaaf, nietwaar?'

Susan was verbaasd over de vraag.

Hij wil?

Ze beet op haar lip terwijl ze erover nadacht.

Ze had tegen zichzelf gezegd dat ze een braaf meisje was om tot slavernij te worden gedwongen, maar hoe kon ze die meisjes dat vertellen?

Ik wilde heel graag vragen hoe ze slaven werden.

Hadden ze de mogelijkheid om te kiezen of ze ... akkoord gingen? "

Cinthia streek met haar paardenstaart, snoof lichtjes en hield haar hoofd schuin.

Amy liet zich op de grond glijden, wees naar Cinthia en fluisterde:

'Ik weet niet hoe hij het doet!'

Even later ging de deur open en kwamen de obers de tafel afruimen.

Elk van de meisjes bleef zwijgend staan terwijl de obers snel werkten om de tafel met fruit en kaas te vullen en ze weer met rust lieten.

Alle andere meisjes keken Susan weer aan, nog steeds wachtend op antwoord.

'Ik weet niet wat ik doe, laat staan wat ik wil,' zei Susan bedroefd. 'Dit is anders dan alles wat ik ooit heb meegemaakt. Jullie lijken allemaal zo aardig, eh. Normaal!' Cinthia snoof en trok een wenkbrauw op. "Nou, je weet wat ik bedoel, het stereotype van een seksslaaf voor de normale wereld is ..." Ze zocht naar het juiste woord.

Ze gaf het op en haalde haar schouders op.

"Oh, oké pop," kwam Anne ter verdediging. "We kennen het stereotype, maar houd je ogen en geest open voor wat je ziet en hoort en je zult merken dat er niets normaals is in deze hele wereld. Beschouw seks als ijs als het allemaal vanille is zoals Wat een saaie wereld zou het zijn. "

Amy rolde met haar ogen en knikte naar Susan.

"IJs is een oude plakkerige analogie, maar het werkt. Mensen houden van verschillende dingen, eten, auto's, kleding en seks. Ik zou zeggen dat je moet kiezen, maar ik denk dat die beslissing al voor je is genomen."

Susan beet op haar lip en wilde protesteren dat ze nog een dag had om een besluit te nemen, maar haar Cinthia-systeem voor vroegtijdige waarschuwing zette haar weer op zijn plaats toen de Lords terugkeerden naar hun stoel en vrolijk praatten over de clubbusiness en de clubbusiness. wederzijdse kennissen.

Na een paar uur, maar waarschijnlijk niet meer dan één, onderdrukte Amy tevergeefs een geeuw en vestigde de aandacht van de tafel op zichzelf.

Meester James keek naar beneden. 'Nou, dat is wat je krijgt als je na bed opblijft.'

Hij keek pruilend op en begon te protesteren. "Maar ..."

Een strenge blik van haar Meester bevroor op haar tong en ze verontschuldigde zich en knielde recht.

James grijnsde en krulde zijn krullen

'Waarom vraag je meester Robert niet of je met Susan's bellen kunt spelen om jezelf een tijdje bezig te houden, en dan breng ik je naar huis, jongen?'

Ondeugendheid glinsterde in haar ogen toen ze opstond en zich zo lieflijk naar Robert draaide en zei.

"Oh alsjeblieft, meester Robert, mag ik? Je bent zulke mooie klokken en je hebt zo'n mooie slaaf."

'Hoe kan ik nee zeggen tegen zo'n schattig meisje?' Robert glimlachte.

"Dank u, meester Robert, dank u!" Amy borrelde en verdween onder de tafel om naar Susan toe te kruipen.

'Zo te zien is ze nu wakker.' Alan lachte toen Shaky een opgewonden kreet slaakte en zich met een snelle ruk aan zijn riem kalmeerde.

'Het lijkt erop dat ze allemaal met het nieuwe meisje willen spelen.' Mompelde Barry.

Robert glimlachte naar haar.

"Ik kan het je niet kwalijk nemen, ik vind het heel leuk om met haar te spelen."

Dit werd met veel gelach ontvangen en hij bloosde opnieuw boos onder controle van de kamer.

Amy zat vrolijk naast haar, speelde met Susan's tepels en luidde de klokken op verschillende tempo's terwijl het gesprek om haar heen voortging.

Ze voelde haar Meester spelen met haar paardenstaart en keek in haar doordringende ogen.

Haar adem stokte en haar eigen ogen werden groot toen ze Amy's mond om haar tepel voelde samenknijpen.

Terwijl hij met zijn vingers de bellen luidde, bewoog zijn tong over de harde roze punt.

De ogen van zijn Meester fonkelden en de hoeken krulden zich op in een glimlach die niet alleen op zijn mond lag.

"Het lijkt erop dat mijn meisje zoals altijd te opgewonden is. Ik kan haar maar beter naar huis rijden of ze zal te nerveus zijn om weer te slapen. Kom op meid, laten we je naar huis brengen." Meester James stond op terwijl hij sprak.

Amy wierp haar hoofd achterover en liet de tepel los, waar ze met een luide knal om had gezorgd.

Hij keek op en vroeg zachtjes:

'Mag ik je kussen om afscheid te nemen?'

"Ja schat. Dank u dan meester Robert en we gaan."

Amy legde een hand op Susan's wang en de andere op Susan's nek en hield ze stevig vast terwijl ze zijn lippen tegen de hare drukte.

Susan voelde de koppige tong en deed haar lippen zachtjes uit elkaar terwijl de mollige haar zacht maar diep kuste, terwijl ze haar mond verkende met een fladderende tong die Susan ademloos achterliet aan het einde van de kus.

"Dag mijn nieuwe vriend, ik hoop dat we elkaar vaak zien. Je moet naar een spel komen, ik heb zoveel geweldig speelgoed!" Ze jammerde toen haar Meester zijn keel schraapte en opstond. 'Bedankt dat je me met Susan Master Robert hebt laten spelen.'

'Graag gedaan, lieverd, slaap lekker. Je knorrige oude meester ziet er van streek uit.'

Amy trok haar meest verleidelijke, onschuldige gezicht aan. "Denk je dat het?" Hij bekeek zijn Meester van top tot teen. 'Misschien moet ik mijn verpleegsterskit tevoorschijn halen als we thuiskomen en kijken.'

"Oh, ik denk dat dit absoluut is wat je nodig hebt, schat. Ga nu maar naar huis."

James kreunde. 'Bedankt daarvoor, mijn vriend, misschien kan ik de volgende keer Susans hoofd vullen met klusjes om je bezig te houden.'

Amy glimlachte en draaide zich om naar de tafel. "Tot ziens, meesters en meisjes."

Toen pakte hij de hand van zijn Meester en leidde hem de kamer uit terwijl hij afscheid nam.

Steve lachte en zei zachtjes tegen John:

"Oh, ik denk dat het weer een avond wordt om nooit te vergeten voor deze ondeugende snotaap."

John giechelde.

'Tenzij James besluit haar in elkaar te slaan tijdens de lange rit naar huis.'

"Cinthia en ik zouden nu onderweg moeten zijn, ik wil naar de manege en we hebben veel voorbereiding voor de boeg." Bulderde Barry op zijn diepe baritontoon.

Robert stond op en glimlachte.

'Oh ja, natuurlijk. Gelukkig was je in de stad voor onze reünie. Bedankt voor je komst, Barry.'

Robert liep naar de woonkamerdeur voordat hij zich omdraaide en de anderen liet zien:

'Waarom gaan we niet naar de meest comfortabele stoelen als de avond nadert? Het uitzicht is daar best goed.'

De Masters stonden op en volgden met hun meisjes.

Anne drong er bij Susan op aan te verhuizen.

Hij had Cinthia en haar met hun lange benen zien lopen toen de verwijzing naar de manege eindelijk bij hem opkwam.

Hij bekeek de andere meisjes kritischer dan als het ware om hun kwaliteiten te erkennen.

Shaky was een schattige puppy en Anne was een uitbundig, sexy meisje, maar Samantha bracht haar in de war.

Susan was in de war toen ze het meisje zag rennen, ze was net zo grappig alsof ze een ballerina was.

Susan voelde zich weer niet op haar plaats, er was niets speciaals aan haar en ze moest nog veel leren.

Ze besefte dat ze nooit zo speciaal kon zijn als deze meisjes en dat haar meester alleen met haar had gespeeld.

Met dat besefte hij dat hij het niet zou doen, hij zou haar niet als zijn slaaf kunnen houden als hij geen speciale eigenschap had.

Ze voelde een golf van opluchting dat ze geen beslissing hoefde te nemen.

Maar de sensatie werd snel gevolgd door een vleugje verdriet.

Ze beet in gedachten verzonken op haar lip, volgde haar Meester naar zijn stoel en ging naast hem zitten.

Ze schudde de gedachten van haar hoofd toen haar Meester zijn hand weer in haar paardenstaart sloeg en hem aankeek.

"Hé John, laat je meisje mij dienen, broer, deze slaaf is nutteloos voor alles wat niet in een fles of blik zit."

Steve gaf Shaky een por met zijn voet en ze gromde zachtjes naar hem, waardoor hij fronste.

Met een knikje van haar Meester liep Samantha met dansende voeten naar Meester Steve toe.

Ze drukte haar lichaam tegen hem aan en likte zijn nek tegen zijn oor, zachtjes knabbelend en spinnend:

"Meester, wat wilt u dat deze slaaf u vanavond heeft?"

'Een whisky alsjeblieft, lieverd.'

Samantha ontvouwde zich uit zijn lichaam, draaide haar voetballen en glipte de keuken in.

Ze maakte een nieuw glas schoon en draaide zich een beetje om zodat de toeschouwers een glimp konden opvangen van de sensuele, gebogen omtrek van haar lichaam terwijl hij de rand van het glas over de zwelling van haar borsten duwde, rillend en diep ademhalend.

Susan keek haar gefascineerd aan.

Anne vulde het glas voor de helft voordat ze de deur van de vriezer opendeed en de koude lucht haar omhulde.

Deze lucht verhardde haar tepels en onthulde hun puntige uiteinden duidelijk onder de fijne zijden jurk die ze droeg.

Hij pakte ijs en liet het met een scherpe klap in het glas vallen.

Ze sloot de deur van de vriezer met één heupbeweging en leunde achterover, schudde haar hoofd en liet haar haar in een golf van donkere zijde vallen.

Ze wendde zich tot de meester, haar borsten streelde zijn arm en hief eerst het glas naar haar lippen om de rand te kussen, spinde:

'Je whisky, meester Steve, deze slaaf hoopt dat je genoten hebt van je service.'

"Voortreffelijke service zoals altijd en iets zoets. Keer nu terug naar je meester voordat ik vergeet van wie je bent. "

Susan was onder de indruk van hoe Samantha het serveren van een drankje zo sensueel maakte.

Ze wilde dat kunnen en keek op om de reactie van haar Meester te zien, maar om te zien dat hij haar nauwlettend in de gaten hield.

Zijn gedachten sprongen in zijn hoofd.

Zou ze zo grappig zijn om hem een plezier te doen?

Misschien zou ze kunnen leren om zo gracieus en aantrekkelijk te zijn, en misschien zou de Meester dan bij haar willen blijven.

Ze had ervoor gezorgd dat hij haar na de week zou wegsturen.

Terwijl ze verstrikt raakte in haar vooruitstrevende denken, vroeg ze zich weer af: 'Was dit het leven dat ze wilde, geobsedeerd zijn als slaaf, haar keuzevrijheid ontzeggen door al haar bevelen te gehoorzamen? Kon ze op een of andere manier leren?' Manier om speciaal te zijn? " wat zou hij willen? "

Haar verlangen om hem weer een plezier te doen overstemde al haar andere vragen en ze richtte haar aandacht weer op de Lords, die 's middags grappen maakten en de lucht zwart werd.

De tweelingmeesters weigerden andere drankjes en beweerden dat ze die avond verloofd waren in de club, en Alan zei ook dat hij ernaar uitkeek om naar de club te gaan en te zien wat er te zien was.

Robert weigerde zich bij hen aan te sluiten en beweerde dat hij nog werk te doen had.

Hij stond op om naar de conferentiedeur te gaan en had een vriendelijk gesprek. Susan volgde haar en bedankte Anne stilletjes voor al haar steun tijdens de lange middagen en avonden.

"Ah schat, het was niets, we waren op een gegeven moment allemaal nieuw in deze levensstijl."

Anne kuste Susan's wang en volgde Alan de lift in.

Toen de lift eindelijk dichtging, draaide Robert zich om en liep terug naar het kantoor, in het vertrouwen dat ze zou volgen.

Toen ze voor hem knielde en achterover leunde op haar hielen, leunde hij naar voren om haar wang te strelen.

'Ik ben erg blij met jullie prestatie vandaag, meisjes.'

Hij leunde voorover om haar diep te kussen en ze voelde vlinders op haar buik fladderen en een emotie over haar rug stromen.

Ik was gelukkig!

De vreugde die hij voelde, was voelbaar in verband met zijn kus.

Het enige waar ze aan dacht, was hoe zijn woorden en zijn aanraking haar gaven.

'Nu we ervoor hebben gezorgd dat je vrije tijd hebt, gaan we een spelletje spelen, Susy. Ik weet hoe je van spelletjes houdt.' Hij glimlachte veelbetekenend naar haar.

"Ja." Ze fluisterde.

Hij had gehoopt dat hij door het verdwijnen van de gasten naar huis zou kunnen gaan om te ontspannen.

Het was een erg lange dag geweest en ze was erg in de war met al haar gedachten in haar hoofd.

Hij ging verder:

"We kunnen vanavond elk drie vragen stellen. Je kunt me alles vragen wat je wilt weten over onze gasten en de middag. Ik zal je vragen stellen over wat je hopelijk geleerd hebt. En zoals altijd, als ik met je antwoorden kom. ben niet tevreden, er zullen consequenties zijn. " .

Hij kronkelde en wist dat hij niet genoeg aandacht schonk aan de kleine details en zijn gedachten dwaalden vaak af.

Hij had moeten raden dat er een test zou komen, hij testte het altijd op de een of andere manier.

Maar ze knikte en fluisterde:

"Als ik liefheb".

"Welnu, laten we nu beginnen, geef me de naam van elke gast en hun slaaf."

Hij haalde diep adem en begon met een trilling in zijn stem:

"Alan Clarkson en zijn slaaf Anne, Steve Goodman en zijn slaaf Shaky, John Goodman en zijn slaaf Samantha, James Smith en zijn slaaf Amy, en Barry Collins en zijn meisje Cinthia."

Ze beet op haar lip zonder officieel voorgesteld te worden, ze had de voornamen gehoord en de achternamen gekoppeld door haar praktische kennis van de notities en e-mails die ze ze als assistent had gestuurd.

'Heel indrukwekkend', glimlachte ze, 'maar ik vrees dat als slaaf, die je enige rol was vanavond, iedereen behandeld zou moeten worden als een meester gevolgd door hun voornaam.' Hij klopte haar op haar schoot toen hij haar onderlip zag vallen. 'Op mijn schoot, kleine Susy.'

De pijnlijke striemen die ze eerder op de dag als hoer had gemarkeerd, waren allang vervaagd.

Hij streek zachtjes met zijn hand over haar kont voordat hij hem hard sloeg en zag hoe de handafdruk roze begon te gloeien op haar gladde huid.

Ze beet op haar lip en kreunde terwijl ze haar benen bewoog.

Ondertussen viel zijn hand nog vier keer weg, één keer voor elk van de Masters die de late lunch hadden bijgewoond.

Sommige tranen liepen over haar wangen, meer van teleurstelling dan van slagen, toen hij haar kont aanraakte en suggereerde:

"Het is jouw beurt".

Ze dacht en vroeg:

"Elk van de meisjes was op een unieke manier speciaal sinds Shaky een puppiemeisje was. Zijn ze zo getraind door hun meesters of zijn ze van nature zo?"

"Sommige slaven hebben een voorkeur voor een bepaalde rol en worden door een meester overgenomen en getraind op zijn wensen en behoeften." Hij pauzeerde even voordat hij verder ging: 'Sommige meesters geven de voorkeur aan een leeg canvas en nemen een meisje en vormen haar naar hun zin. Maar voor elke mogelijkheid moet het meisje een natuurlijke onderwerping hebben. Kracht goed, zoals een meester wenst. "

Zijn gedachten maakten een sprongetje.

Was ze niet gedwongen?

Het begon als een spel.

Ze had ermee ingestemd de zijne te zijn en hem een week lang volledig te gehoorzamen.

Ze gaf toe dat ze niet gedwongen was het te accepteren, maar ze wist niet echt wat ze accepteerde.

De hand die haar kont streelde stopte toen hij begon te praten en ze luisterde aandachtig naar zijn volgende vraag.

'Vertel me eens over de zes meisjes die hier vanavond zijn, over elk bijzonder talent, zoals je het zag.'

Hij wist dat er maar vijf meisjes waren, maar hij vond het niet leuk om hem te corrigeren in zo'n kwetsbare positie, dus begon hij:

"Shaky is erg puppy. Ik denk dat Cinthia een pony is. Amy is erg kinderachtig. Anne is een rondborstige blonde bom. Samantha verbaasde me, maar ik denk dat ze een danseres is en heel gracieus beweegt.

Ze draaide haar hoofd om hem hoopvol aan te kijken.

Hij sloeg haar twee keer hard in haar kont.

"Anne wordt, net als jij, mijn kleine Susy, gewekt door pijn op een manier die de meeste slaven niet genieten. Samantha wordt bijvoorbeeld helemaal niet opgewonden door pijn of straf. Haar plezier komt voort uit de gunst van Zijn Meester. En daar schittert hij in. De manier waarop hij dient en danst. Zijn meester volgt de oosterse manier van leven. "Zijn hand zweefde weer en hij trok een wenkbrauw op. "En de zesde?"

Ze beet op haar lip en fronste terwijl ze in gedachten zocht wie ze in haar antwoord had gemist.

Ze keek naar zijn glimlach terwijl zijn hand weer naar beneden kwam.

Ze schreeuwde en flapte eruit:

'Ik begrijp het niet, want er waren maar vijf meisjes.'

Hij sloeg haar opnieuw toen ze antwoordde:

'Je vergat de belangrijkste slaaf, de mijne!' Zijn hand viel weer neer om zijn positie te markeren. 'Je was daar toch?'

Ze draaide zich om en riep:

"Ja, meester, maar ik ben niets bijzonders, ik heb geen bijzondere talenten."

Ze boog haar hoofd en liet tranen vallen.

Haar hart sloeg een slag over, ze was echt zo onschuldig en naïef, zo speciaal in haar behoefte om te plezieren en te dienen, dat ze alle eisen die hij aan haar stelde verdroeg en bijna gewillig zijn straffen accepteerde.

Ze was de belichaming van naïviteit met haar blozende en lieve manier van doen en ze merkte het niet eens.

Zijn schattige kleine prinses in het openbaar en zijn pijnlijke hoer privé als hij dat wilde.

'Heb ik je niet de hele week verteld dat je speciaal bent? Wat is er zo speciaal aan mijn verlangen naar jou en de behoefte om de baas over je te zijn? Na een ontmoeting met een paar van mijn vrienden, denk je dat ik dat zou doen Stel je slaven voor die niet speciaal waren? ' Hij schreeuwde bijna de laatste, waardoor ze huiverde en haar gedachten verward.

Susan kreunde.

"Ja meester, ik bedoel geen meester, oh ..." riep hij, "ik weet niet wat ik bedoel."

Zijn hand zonk verder op haar nu rode kont en deed haar nog meer kreunen. De warmte die door haar lichaam stroomde terwijl hij haar sloeg, deed hem haar buik over zijn schoot wrijven terwijl hij haar hardheid voelde groeien en haar kutje tegen zijn dij wreef.

Ze sloot haar ogen en hapte naar adem.

Door de hitte, de pijn en het gevoel van hem liepen krampen door haar lichaam.

Net toen ze op het punt stond te komen, legde hij zijn hand niet zwaar op haar rug en hield haar zo vast dat ze niet kon bewegen.

"En je volgende vraag is ..."

Hij kon niet helder denken, zijn behoefte om te komen was zo dringend dat zijn lichaam trilde en hij kreunde.

"Wat wil je en moet je een klein kreng vragen?"

Ze voelde de intense schaamte die haar bedekte toen ze haar behoefte uitdrukte:

"Meester alstublieft, ik moet komen, laat me komen."

Het was de eerste keer dat hij het haar liet vragen, en het was als een laatste hindernis die ze met gemak had overwonnen.

Hij hief zijn hand in beweging en begon de stevige ronde wangen weer te sjorren, zijn hand stuiterde van het rode oppervlak terwijl het tegen zijn dij en pik sloeg.

Hij wilde haar zo graag hebben dat hij twijfelde of hij een week kon wachten om haar op te nemen, maar hij moest wachten om er zeker van te zijn dat ze zou blijven.

Ze verstijfde en slaakte een lang, hijgend gekrijs terwijl ze haar hoofd schudde en zwom van pijn en plezier.

Haar poesje klopte van het broodnodige sperma dat als schoten door haar lichaam leek te stromen, alsof ze lange tijd zou klaarkomen.

Eindelijk viel ze slap op zijn schoot.

Hij pakte haar op en wiegde haar in zijn armen.

Toen ze haar trillende lijfje terugkreeg, nestelde ze zich in zijn armen.

Hij glimlachte.

'Het lijkt erop dat billenkoek geen grote straf voor je is, mijn kleine pijnsletje. Nu heb je maar één vraag gesteld, dus ik denk dat het mijn beurt is.'

Ze schrok en hapte naar adem toen ze zich realiseerde dat het spel nog niet voorbij was en schudde haar hoofd om haar gedachten te zuiveren.

Hij hield zijn kin vast en hief zijn hoofd op om haar in de ogen te kijken.

'Hoe lang is een week, Susy?'

De vraag verraste haar, ze beet op haar lip en dacht dat er een alternatief antwoord moest zijn op het voor de hand liggende antwoord, maar ze kon het zich niet voorstellen, dus fluisterde ze:

"Zeven dagen".

Hij glimlachte terwijl hij het begin van begrip op haar gezicht zag.

'Je deed het goed in de eerste helft van je week, mijn kleine slaaf.' Zei hij, zich ervan vergewissen dat ze de volledige betekenis ervan begreep.

"Zeven dagen."

Herhaalde ze fluisterend.

Haar gedachten dwaalden af naar de plannen die ze had gemaakt om dat weekend bij haar ouders te zijn om te helpen met een jubileumfeest, en ze begon bezorgd op haar lip te bijten.

Hij keek haar aandachtig aan voordat hij vroeg:

'Je laatste vraag, Susy?'

Ze keek hem bezorgd aan en fluisterde:

"Ik dacht ... ik bedoel, ik nam aan ... eh ..."

Ze keek naar zijn gezicht zonder iets in zijn ogen te lezen om haar te vertellen dat ze ervan uitging dat haar week een werkweek zou zijn, slechts vijf dagen, dus durfde ze te vragen:

'Hebben de slaven vrij weekend?'

HET EINDE

www.ingramcontent.com/pod-product-compliance
Lightning Source LLC
LaVergne TN
LVHW101951220826
846093LV00006B/174

* 9 7 9 8 2 1 5 9 4 2 1 0 9 *